金钗煞

JINCHAISHA

小山/著

广西人民出版社

图书在版编目（CIP）数据

金钗煞/小山著. —南宁：广西人民出版社，2009.1
ISBN 978-7-219-06354-5

Ⅰ. 金… Ⅱ. 小… Ⅲ. 长篇小说—中国—当代Ⅳ. H152.3
I247. 5

中国版本图书馆CIP数据核字（2008）第158214号

监　　制	江　淳　彭庆国
策划编辑	罗敏超
责任编辑	罗敏超
责任校对	彭青梅　张泉英
版式设计	王　霞

出版发行	广西人民出版社
社　　址	广西南宁市桂春路6号
邮　　编	530028
网　　址	http://www.gxpph.cn
经　　销	全国新华书店
印　　刷	广西民族语文印刷厂
开　　本	710mm×990 mm　1/16
印　　张	13.25
字　　数	180千字
版　　次	2009年1月　第1版
印　　次	2009年1月　第1次印刷
书　　号	ISBN 978-7-219-06354-5 /I·1089
定　　价	20.00元

目 录
CONTENTS

第一章 开始就是结束 /1

女尸的头发一点也不零乱，而且还梳着古典的发髻。她的双手被压在了胸前。让人发毛的却是女尸的背部，她的背部被人画了一幅画，看上去是几片云和一条小河。这画被昏黄的光线映照着，显得那么诡异而又神秘。

第二章 清云迷雾 /23

趴在床上的尼姑穿着僧衣，她的双手像前三件案子里的受害者一样被交叉压在胸下。她胸下的床单上可以看到一大片的血渍。由于血流得太多，血从床上渗下来，滴到了地上……

目 录

CONTENTS

第三章 花香袭人伤我心 /67

像了缘的案发现场一样，凶手并没有把现场整理干净。他任由邓招弟的血流着，直到流干她的最后一滴血……

美丽的花市，僵硬的尸体。美丽和死亡离得是这么近。

第四章 错乱 /115

这个暗室里面可以说是乱得一团糟，墙上、桌上、地上到处都是画纸，画纸上画着各种各样的东西，但大多数是人头画像，只是这些人头画像都没有画脸。在这昏暗的灯光下，这些奇形怪状的人头画像反射着暗黄的光，让人看着起了一身鸡皮疙瘩。

目录

CONTENTS

第五章 困斗 /147

林凡想了想原来冰箱里存有很多吃的，因为林凡喜欢自己做饭吃。突然，林凡的脑子里闪过一个念头，难道有人在我房间里待过？

第六章 蓦然回首 /179

林凡说："你错了！这不是你放在柜子里的那块石头！这只是我在清云庵后山按照你那块石头的大小捡的一块石头，而且这块石头根本就不是在灵塔附近。在清云山上这样的石头有很多，而你的灵石在这！"说着陈小东从门外走进来，他的手里拿着一块被透明的塑料袋装着的石头，上面还沾着血迹。

目 录
CONTENTS

第七章 那一片天空蔚蓝 /203

林凡要送回来的就是那两块石头，它们本就是属于这里，以后也将一直属于这里。无论它们是灵石还是普通的石头，都改变不了它们就是这清云山的石头这个事实。

第一章　开始就是结束

　　女尸的头发一点也不零乱，而且还梳着古典的发髻。她的双手被压在了胸前。让人发毛的却是女尸的背部，她的背部被人画了一幅画，看上去是几片云和一条小河。这画被昏黄的光线映照着，显得那么诡异而又神秘。

1. 女尸

屋里昏黄一片。夕阳从窗外照射进来，使整个房间显得有些阴郁。林凡蹲下看着地上的女尸，眼神有些怪异。任飞看了看女尸，又看了看林凡，看得出林凡现在似乎有些发呆，可任飞并没有打断林凡，他知道林凡不是在这种时候胡思乱想的人，就算是平常人看到这样诡异的场景脑子也不可能会溜号的，更何况这是林凡。

眼前的这一切本应算作是美好的情景。房间装饰得很典雅，可以看得出这里的主人是一个很有生活品味的人。夕阳下的屋子里虽然显得有些阴郁，但也能给人一种淡淡的舒雅的感觉，累了一天，这个时候躺在床上，感受着这一份安静与自在，应该是很不错的。可是，就是在这样的屋子里现在却躺着一具僵硬的女尸。

这具女尸的姿势有点怪。她跪趴在卧室的地板上，脸侧着。在昏黄的光线照射下，她的皮肤泛着奇妙的光泽，她的身体显得那么年轻美丽……如果不是知道面前的这个女人已经死去，或许会给人带来一种原始的冲动。

不合常理的是，女尸的头发一点也不零乱，而且还梳着古典的发髻。她的双手被压在了胸前。让人发毛的却是女尸的背部，她的背部被人画了一幅画，看上去是几片云和一条小河。这画被昏黄的光线映照着，显得那么诡异而又神秘。如果面前不是一具死尸，而是一个活人，也许这人和画可以用美丽、典雅来形容。而此刻暗淡的光、动人的肤色、幻美的图案，却给人一种压抑而又冰冷的感觉。整个案发现场有四五个警察，可是却没有人说话，各自做着自己的事。除了林凡和任飞，其他的人尽量不让眼神和这女尸相交，整个气氛诡异而又让人觉得压抑。

林凡只是静静地看着，他并没有去触碰那女人的尸体。他的眼神很空洞，就像没有了灵魂的躯壳。林凡蹲下看了一会儿后便站了起来，他似乎在找什么东西。这是一间单身公寓，只有一室一厅。卧室比较小，摆了一张床后就没有空余的地方。屋子里的摆设很整齐，没有一点的零乱。床上的被单一点褶皱都没有。女尸的位置是在卧室的床边，跪趴在那里。林凡面无表情地看着这一切，眼睛里闪着一种不知名的光，他似乎对什么都那么感兴趣，又好像对什么都没有理睬。床边的小柜上放着一个相框，里面镶着一个女人的照片。林凡指着照片对任飞说："你看!"

任飞其实早已经看到了这张照片，只是没有太留意，因为他的目光都被这具女尸吸引了。本来这只是一张很普通的生活照，可是不知道什么原因这张照片被人放倒了。任飞叫负责拍照的同事把照片翻拍下来，便拿起相框取出了照片。

相框和照片都没有什么异样，除了相框被放倒了之外。任飞看了半天也没看出什么，便把照片递给林凡。可这个时候林凡却好像又发起了呆。任飞推了推林凡，"你小子没事吧?"林凡笑了笑，接过了照片。照片里的人正是死者，照片里的她笑得异常可爱和美丽。林凡随手把照片翻过来……

任飞觉得林凡今天特别怪，从他们一到这里，林凡看到地上的女尸起，就开始变得很怪。这一次请林凡来是任飞向局里申请并得到局里领导同意的。在最近不到两周的时间里，连这次的凶杀案在内，一共发生了三起室内凶杀案。三个女人，同样的死因，同样的死状，同样三个人的背部都被画上了奇怪的图案，还有那奇怪的数字……任飞是市刑警队大队长，市里出了这样的事，当然是由任飞来负责侦破。连续发生离奇的命案，任飞的压力很大。他不知道在没抓到凶手之前还会有多少无辜的人会被害，但他要做的便是想尽办法尽快抓到凶手。这个凶手不仅仅是在杀人，还是在故意向警方挑衅。从某种程度来说这个凶手在玩猫捉老鼠的把戏，只是这出戏里到底谁是猫谁是老鼠，不到最后谁也不能确定。

无论是以任飞的身份还是从心理上来说，这一次他不能输，也不可以输。可是他想不到更好的办法。这个时候他想到了林凡，对于请林凡来帮忙，任飞并没有觉得丢脸，他只想尽快把案件侦破，抓住凶手，这才是最重要的。再说林凡是他的好朋友，他知道林凡的本事，有林凡的帮忙，他更有信心。作为一个私家侦探，林凡接手过一些错综复杂的案子，在一些重案要案上林凡也给了任飞很多帮助。对于林凡的帮助，队里的人也都是知道的，任飞也和局里的领导提起过。再加上林凡很有人缘，渐渐地成了警队里的熟客。因此这一次任飞提出要林凡这个局外人来参与办案，并没有惹来大家的非议，也很快得到了局里领导的默许。因为，此时谁都看得出来，这一系列的凶杀案并不是一般的刑事案件。

此刻，林凡的脸在昏黄的光线照射下，显得有些诡异。

"你在看什么？发现了什么吗？"任飞看着林凡的样子，有些憋不住了。

林凡并没有回答任飞的问题。他觉得纳闷：除了这具女尸外整个屋子都显得那么井井有条，甚至于整洁得有些不合常理。而这张照片算是这屋子里除女尸之外最不寻常的地方，难道是这里的女主人死前曾无意之中把它放倒了？林凡的眼睛开始向下探去……

光线越来越暗，这个时候有人建议把灯开一下，任飞找到了开关，准备开灯。

"等等！"林凡突然一声大喊，大家都向他这边看过来。林凡迅速把照片放回相框里，又把这相框放回到床边的柜子上，然后问任飞，"这照片原来是不是应该这样放？"任飞愣愣地点了点头："应该是吧。"他不知道林凡这样问的目的。林凡却没有理会任飞，他抬起头，看着天花板上的吊灯。

这个吊灯没有什么异常。椭圆形淡黄色的外壳就挂在卧室天花板的正中间。大家都顺着林凡的视线看向吊灯，都不明白这吊灯有什么好看的，为什么林凡不让开灯。

瞬间，任飞似乎理解了林凡的举动，马上对身后的警员说："上去看看。"警员马上开始找东西垫脚。由于没有梯子，房间又不是很大，唯一能够够到吊灯的只有床边的矮柜。警员正准备搬的时候，林凡一步跨了过去，"先等等！"他蹲下来，仔细看了看这个矮柜，向任飞招了招手。林凡指着地板说："你看。"

卧室地面铺的是木地板。在柜脚处的地板上，明显有一些淡淡的划痕。任飞蹲下来，轻轻用手摸了摸，看着林凡说："这柜子被人搬动过。"林凡点了点头，"依我看，这痕迹还蛮新的，应该刚搬动了不久。"

林凡也没再说什么，让人把柜子抬到了吊灯下面。林凡站到柜子上面往吊灯里看了看，然后从口袋里拿出镊子，从吊灯上面取下来一张纸。

任飞和同事忙凑过来看。这是一张泛黄的信纸，上面写着一排鲜红的数字"1112"。鲜红数字又再一次出现了。只是这一次和上两次不同，在上两次的案发现场，血红的数字是被写在了墙上，而这一次则是藏在了吊灯里。上两次凶手所留的数字要多一些，而这一次却只有四个数字——1112。

林凡拿着纸，皱了皱眉头，他把纸凑到鼻子前闻了闻，忙把纸放在了柜子上。任飞疑惑地问："怎么了？"

"你闻闻。"任飞没敢伸手去拿那张纸，他瞪大了眼睛看着林凡，"怎么，上面有毒？"说着他蹲下身子，凑到纸片前闻了闻，一股大蒜味扑面而来。任飞转过头看着林凡，"你觉得这是什么味道？"

"是白磷。"林凡说。如果刚才要是开了灯，这张纸就被烧掉了。任飞忙叫技术人员保存好这张纸，这可是非常重要的物证。

搜查完了卧室，林凡和任飞又来到了旁边的浴室。

浴室里很干净，连马桶都干净得像白纸一样。林凡对任飞说："你觉得这里是不是少了点什么？"任飞点点头，"没有毛巾。"这一点与上两个案发现场一样，浴室里没有留下一条毛巾。经过现场分析，估计是凶手用死者的毛巾清理了案发现场的痕迹后，带走了。

尸体被法医搬走的时候，林凡看了看死者的手腕，上面有两道深深的割痕。看样子这个死者和前两个死者一样，都是被凶手割断动脉血尽而亡的。

林凡走到窗前，此时太阳已经落下去大半个了，站在这里往外看，这个城市在夕阳之下显得和谐而又温馨。而林凡却没有心情去看这窗外的风景，因为夕阳落下就是无尽的黑夜，那正是他所担心的，一切不安分的生灵都会在黑夜蠢蠢欲动起来。

林凡走到门后，出神地想着，接着他走进来，在床边又出神地站了一会儿，接着又走进了浴室里。过了好一会儿，他又出来看着天花板上的吊灯……

任飞看着林凡频繁地走动，却没有打扰他。任飞只知道林凡现在一定在想着什么，也许他的脑子里正放着电影，把那恐怖的片断连接起来。

离开现场的时候，林凡终于开口说话了，他问任飞："报案的人是谁？"

"有人打电话到警局报的案，具体是谁现在还没有查清楚。"

"哦……这里是几楼？"

"八楼。怎么，有什么问题？"任飞问。

"这里是八楼，我刚才看了一下窗户和窗下的情况，凶手应该不可能从窗户爬进来，刚才进来的时候，我注意到电梯口有摄像头，你最好派人查查这里的监控录像，应该会有所发现。"林凡说。

任飞立即派人去找管理处的人取监控录像带，而且交代一定要仔细地看，特别是这两天的监控录像更要注意。

2. 四月凶案

任飞他们在案发现场没有再发现什么有价值的线索。从案发现场回来后，他们回到警局的第一件事就是开会作案情分析。因为时间根本不等人，他们不知道凶手什么时候会再次作案。大家都憋着一股劲，那就是要把这个变态的凶手尽快捉拿归案。

局里为这一系列案件设立了专案组。组长是市公安局刘局长，副组长就是任飞。这一系列连环杀人案，被称为"四月凶案"。

整个会场里面烟雾缭绕，市公安局的领导都来了。刘局长亲自主持这次会议，可见对这个案件的重视程度。

刘局长看了一下在座的警员，"我是一个不说废话的人，我只在这里讲三点，一是不允许对外透露案件的任何情况，以免社会上出现不必要的恐慌；二是以任飞为副组长的专案组可以调动全市的警力资源，大家必须全力配合；三是我只给你们一周的破案时间。"说着刘局长指着任飞，"也就是你，如果在一周时间内，还捉不到凶手，给我回家种红薯去！"

任飞一听刘局长下了死命令忙站起来，"保证完成任务。"说完他机械地坐了下来，脸上的神情却阴晴不定。在座的警员心里也是忐忑不安，因为大家都知道"四月凶案"是块硬骨头，如果啃不下还有可能把牙给磕掉。

刘局长看着大家的神情，缓缓地说道："我知道大家的心情，但维护治安是我们的工作职责，希望大家都打起精神来。"说完他让任飞作案情分析，刘局长并没有在会上向大家说明林凡协助办案的情况。林凡其实也明白刘局长的用心，他也喜欢这样的方式，不招引其他人的关注，按照自己的方式来把案破了。

说实在的，林凡帮助任飞破案一直都是暗地里进行的，虽然局里很多人知道，可是林凡还没有像今天这样可以列席案情分析会。他知道这一次刘局长之所以会同意让他来协同办案，一是因为刘局长做事讲究效率，做事方式不拘一格；二是他知道这次案件非比寻常。刘局长是一个老警察，在警察这个行当里干了几十年，他对案件的敏锐度不言而喻，他知道这样的案子意味着什么。林凡和刘局长也算是老朋友了，刘局长对林凡是非常欣赏的，要不然这样的案件不可能让一个外人来参加。

紧接着的就是会议的主题——案情分析。随着幻灯机的播放，任飞开始向大家介绍这一系列案件的情况。

第一张照片是一张信纸。上面写着鲜红的一串数字——5146 4723

3110 4228。

任飞说："这是四月一日寄到刘局长办公室的一封信。按上面的邮戳看是从本市寄出的。经过我们的调查，相信这封信应该是在街上的邮箱投递的，信封上寄件人的地址是假的。大家再看，这不是一张我们现在用的普通信纸，而是有些像草纸。草纸上的数字是用毛笔写的，所用的也并不是墨水之类的东西，而是人血！经有关部门鉴定，确定信纸上的血液是属于第一位受害人秦丽的。还有就是在信封和信纸上都没有发现任何的指纹和其他有价值的线索。"

任飞说："信纸上留的数字是什么意思，我们到现在也没有弄明白，应该是凶手给我们的暗示，现在能肯定的是这封信的数字暗示着第一位受害者秦丽。而且后面的三位死者身边都发现了一些奇怪的数字。"

接着放映出的是一张女死者的照片。这张照片林凡原来也见过，是在任飞找到他的时候给他看过的照片里的一张。这张照片里的女死者和今天下午他在案发现场看到的女死者死状非常相似。同样的赤身裸体，同样梳着奇怪的发式，同样的背部也被画着奇怪的图案。

任飞说："这就是被发现的第一位女死者秦丽。女，二十二岁，无业，已婚。报案人是其丈夫林国强。他四月一日下午出差回来，到家就发现了女死者并立即报了案。经法医鉴定，秦丽的死亡时间应该是四月一日零点至三点之间。女死者死前被人故意弄成跪着的姿势，双手交叉叠压在胸前，头发梳成古代女性的发髻，背部的图案是一座古楼，古楼里有一人悬梁自尽。死者的死因是失血过多，全身唯一的伤口是在手腕处。尸检后在死者的体内发现了麻醉药物，我们推测是凶手先将受害者麻醉后，再割断死者手腕的动脉，而致死者失血过多死亡。在案发现场的墙上，凶手用死者的血写了一排数字：3278 4636 3074。"

接着幻灯机播放的是案发现场的几张照片。任飞接着说："这是案发现场的一些情况。死者是死于家中卧室，案发现场没有留下任何指纹或毛发，整个案发现场被整理得很干净，死者浴室里的毛巾都不见了，相信是被凶手用来处理案发现场后带走了。"

画面一转开始播放小区和楼道的照片。任飞说："受害人秦丽住在阳光小区三区 B 四楼，整个小区只有部分角落装有摄像头。这个小区并不是完全的封闭式管理，小区里既有住户也有公司、商店，还有一个小的菜市场，所以来往人员很复杂，我们已经看过案发当天及其前两日的监控录像，并没有发现可疑人物。在案发前后，我们在监控录像中也未发现可疑之处。楼道里的灯是声控的，在没有一定声音强度的情况下是不会亮的。罪犯很有可能是经由消防通道通过，从而躲过了摄像头的监控。而且最关键的是在秦丽所住的四楼并没有安装摄像头，无法得知当天晚上的情况。我们对周围的邻居、保安进行了询问，他们也没有发现当天有什么可疑的人或事。"

案情复杂，又没有发现有价值的线索。房间里面人本来就多，再加上抽烟，更让人有些透不过气来。

刘局长插了一句："秦丽的家人及朋友那边调查得怎么样？"

任飞说："据传秦丽的生活作风不是很正派，也是因为这样和她的丈夫林国强经常吵架甚至动手，也曾经为此闹过离婚。据林国强的弟弟说，秦丽还曾经和林国强的父亲有过暧昧关系，因此秦丽基本上已经和家里人闹翻。她平时除了打麻将没有什么其他的爱好，身边除了牌友，基本上没什么朋友。这两年她似乎没再和林国强闹过什么事，周围的邻居也没见她和什么陌生男人来往，一般活动的范围就是在小区内。对秦丽身边的人的调查也在进行中，不过到现在为止还没有得到有进展性的线索。现在还有同事在对监控录像进行反复调看，争取能从中发现一些新的线索。"

刘局长本以为经过几天的调查能有一点新的线索，可是没想到还是一样。刘局长不耐烦地问："秦丽死前一天，她有没有接过或打过电话，这个情况调查得怎么样？"

任飞有点紧张，"嗯，经过我们对秦丽死前两天的通话记录的调查，其中包括手机和固定电话的调查，并没有发现可疑的地方。通话记录上全是秦丽认识的人，有她的母亲、林国强还有她平时的一些牌友。"

由于要放映照片的缘故，房间里面光线特别灰暗，再加上空气不怎么好，任飞只觉得全身燥热异常。他看了看林凡，林凡正拿着笔在纸上画着什么，也不知道在写些什么东西。

案件的资料任飞已经给林凡看过，难道林凡此刻心里就一点问题也没有吗？任飞见大家都没有什么问题再问，就开始对第二个案子进行陈述：“接下来是第二位受害者。第二位受害者叫李文娟，女，二十六岁，已婚。丈夫张立在他们的儿子出生不久后去世，有一个读小学的儿子。死者的死亡时间在四月五日晚九点到十二点间。报案人是死者的母亲，是案发第二天也就是四月六日下午，由于李文娟说好第二天来接儿子，久等不见，李文娟的母亲便打电话给李文娟，可她的手机却处于关机状态，因此她不放心才赶到李文娟的住处，结果发现李文娟被害并马上报了警。”

第二位受害者和第一位受害者一样，同样的奇怪发式，同样的背部画有图案。不同的是第二位受害者背部画的是一盆兰花，旁有一位古装妇人。案发现场的墙上用死者的血写了一行数字：4223 2328 7035。

在任飞大概陈述完第二个案情的时候，已经有人在悄悄地开始议论了。刘局长敲了敲桌子，他最反感的就是开会的时候要讨论的时候不说话，别人说话的时候却在底下悄悄地开小会。

等大家都安静了下来，任飞点了一根烟，说了他的看法，“相对于第一位受害者，第二位受害者李文娟的生活更加简单。由于她的丈夫张立去世得早，她和儿子相依为命。她在一家小集体单位上班，收入不高，家里的经济条件也不是很好。她住的是出租房，住五楼，也就是顶楼。整幢房子没有安装任何的监控设备，来往的人员也很复杂，时常有人搬进搬出。李文娟平时没有什么朋友，自张立去世后，她没有再嫁。这几年也没听说她交过男朋友，有过其他的男人。李文娟平时基本没有什么爱好，除了上班外，就是上网。由于她家没有电脑，她时不时会去附近的一家黑网吧上网。案发当晚，周围的邻居经调查没有发现异常情况。当天李文娟的手机只有过两次通话，一次是在下午她下班后，打给她的母亲，因为当天李文娟的儿子在她母亲家里住，李文娟打电话问儿子的情况，这个已经得到李文娟母亲的证实。一次是一个公用电话打进来的，具体与谁联系，还没有查出来。"

任飞接着说："第三位受害者史芳婷，女，二十二岁，大学刚毕业，单身，现在在一家公司做文员。死亡时间为四月九日晚十点至十二点，也就是昨天晚上。死者和前两位受害者一样手腕处有割痕；背部画有彩绘，画的是几片云和一条小河。凶手也在案发现场留下了一组数字：1112。由于是今天下午接到的报案，有关情况还在调查当中。是匿名者报案，也很有可能是凶手所为。"

任飞把三个案件都陈述完了，大家听完后都默默地一言不发。

还是刘局长首先打破了沉默，他说："现在怎么没人说话了？案件的情况大家都清楚了，任飞你总结一下，大家再分析一下，看下一步该怎么着手。"

其实任飞根本不愿意自己来作案情分析。因为现在所收集到的有价值的资料与线索太少了，他现在的脑子里全是问题，这种情况下他要怎么给大家做案情分析呢？任飞用求助的眼神看了看林凡，他希望林凡这个时候能说几句，可林凡坐在黑暗里，还是老样子，好像除了看照片的时候扭动了一下脖子外，基本没怎么动过。

除了今天下午刚发生的命案，可以说任飞对前面两个案子的情况几乎都可以背熟了。任飞只得硬着头皮说："从案发现场的情况看，这三起案件应该是同一个人所为。三个受害者都没有受到性侵犯，家中的财物也没有损失，凶手只是为杀人而杀人。从受害者受害的时间和凶手行凶的手法来看，凶手是一个极其残忍也是非常冷静的人，案发现场没有留下指纹等有价值的线索。第一封信应该是凶手寄出的，但信里所说的及几个案发现场所留下的数字是什么意思，我们到现在还没有弄明白，相信是凶手留下的暗示。对于第一位受害者秦丽，我们开始怀疑其丈夫林国强有可能是作案凶手，但后来发生的两件案子，我们排除了他的嫌疑。据目前的情况看，并没有发现对侦破案件有价值的线索。"

刘局长问任飞："那对林国强调查的情况是怎么样的?"

任飞说："据我们调查，秦丽平时的生活作风不是很正派，据传秦丽和林父可能有染，为这件事情秦丽和林国强还大打出手，这件事很多人都知道。案发时，林国强出差未归，没有作案的时间，但他回来的时间比较巧，再加上他们之间的矛盾，因此他有嫌疑。虽然他没有作案条件，但不能排除他买凶杀人的可能。但是由于后两个案件中的死者与林国强根本没有关系，而且林国强与后两个案件没有作案动机，所以排除了林国强作案的可能。"

林凡听着，用笔不停地在纸上画圈写字。

任飞接着说："这三个案件包括那封信，都有着几个问题，一是那些数字代表的是什么意思，二是死者背部的彩绘代表的是什么意思，三是为什么要故意把死者摆放成那个姿势并梳成那样的发式，四是凶手为什么要选择她们作为作案的对象，五是凶手什么时候还会再杀人。可是按凶手作案的时间间隔上来看，四月一日一起，四月五日一起，四月九日一起，按此推测的话那么下一次案发时间很有可能是在四月十三日!"

任飞提出的这几个问题似乎都很难找出答案。而这些问题里最让大家感到担心的是凶手什么时候还会再杀人，如果真的是在四月十三日，那么也没有多少时间来阻止他了。这个案子给了大家空前的压力，在不到半个月的时间里，连续出现这样的离奇命案，如果不尽快侦破，不知道还会有多少人被害，也可能就在他们开会的时候，已经有人被害了。

最终经过商讨决定，还是对死者周围的相关人员继续进行调查，刘局长特别提醒了三点，一是对于死者住处周围有监控录像的要详细调查，争取能够把嫌疑犯的大体情况摸清；二是关于数字的含义和死者背部图案的问题，刘局长要任飞找相关的专家来提供一些参考意见；三是对于三名受害人最近的一些活动，特别是一些与陌生人的接触要特别留意，如果发现三名受害者有共同的联系人或朋友，一定要一查到底。

3. 如果我是凶手

会后，刘局长把任飞和林凡都叫到了他的办公室。刚进门任飞就发起牢骚来了，"这凶手明摆着就是向咱们挑衅，这口气我怎么也咽不下，刘头，这次要是破不了案子，不用你说，我直接就把自己撤了，省得你费事！"

林凡笑笑，他知道任飞就是这样的脾气。刘局长拍了拍任飞的肩膀，让他少安毋躁。叫他们俩来这里，他主要是想听听林凡的想法，所以他叫他们坐下，"叫你们来，我想你们都知道，这个案子不同于以往的案子，我想听听你们的意见。"

其实这话是说给林凡听的，但林凡却沉默着没有说话，倒是自顾自点了根烟抽了起来。任飞瞪着林凡，心里头不是很高兴，刚才在开会的时候，林凡就一句话都没有说，大家讨论得热火朝天的时候，他也没有说一句话，就好像他来这里是来看戏的，不是来帮忙似的。

"你小子今天怎么哑了，平时话多得像山炮一样。"任飞没好气地对林凡说。可刘局长并没有说什么，他知道可能林凡觉得有些话不能在会上说。

林凡笑了笑，对刘局长说："刘局长，我突然间很想讲一个故事。"任飞没想到林凡说的第一句话会是这句。可是他没有说什么，他等着看林凡耍什么把戏。

林凡缓缓说："有一对姐妹，她们的母亲过世了，在葬礼上妹妹看到了她姐姐的一个朋友，对他一见钟情。没过几天，姐姐被杀害了。我想问你们一个问题，姐姐是谁杀的，凶手为什么要杀她？"

这样的一个问题和案子一点关联性都没有。虽然这样，刘局长并没有觉得林凡是在胡说。因为这个时候谁都不会说些无聊的话，更何况是林凡。想了一会儿，刘局长笑笑说："应该是妹妹杀的。"任飞点了点头，可是他不明白为什么林凡要说这样一个故事。为什么妹妹要杀姐姐呢？他找不到答案。林凡说："有时候杀人的原因很简单，妹妹之所以要杀姐姐，只是想再有一次葬礼，她能再在葬礼上见到她的那位心上人。"

说完这个答案，林凡接着说："这是一个测变态杀人狂心理的一个问题。平常人都不会想到这个答案，只因为平常人不会把杀人和这样一个简单的理由联系到一起去，而且他们不会用这样的方式解决问题。"

虽然不知道林凡为什么要在这个时候说这样一个故事，但任飞知道林凡，他总是有他的理由。可是任飞是一个急性子，受不了林凡的这个样子。任飞急问："那你的意思是?"

林凡说："像这样的案子，如果我们总站在我们的立场上去判断、去分析，那么往往会得不到我们想要的答案。"说着林凡转过头，看着刘局长。

任飞接着问："那你是说让我们站在凶手的立场上去想，才能抓到他?"

"不是站在凶手的立场上，也许我们更应该试着当当凶手，把自己当成凶手。"林凡笑着说，那笑容让任飞有点不寒而栗。

任飞看着林凡，觉得他有病，从开始接触到这个案子就开始发病。林凡却看着任飞缓缓地说："人我已经选好了，我时时刻刻在等待，等待时间的到来，你们可能以为我会害怕，以为我会焦急，其实我不会，我只是静静地做我想做的事，就好像我用死者的血画画一样……"看着林凡说话的样子，任飞愣了，他突然觉得如果林凡这个样子像极了变态杀手。在他的印象中林凡好像也没有这样过。林凡越深入这个案子，好像变得越不正常起来。他疑惑地问："你知道那个凶手在想些什么?"

林凡的神色恢复了正常，说道："也许知道，也许永远无法知道。"

"屁话!"

"可要想抓住他，我们必须要知道他不想让我们知道的事情。"

任飞一听就没来好气，"那你还不是废话嘛。"

林凡笑了笑说："刘头，我有些想法，想和你们说说。"其实说来说去，大家等的无非就是这个，可是他们却不知道林凡为什么当着他们的面发神经。

林凡对他们说："我们先来算算时间，因为现在时间对我们来说太重要了。四月一日凌晨发生第一起命案，接着是四月五日、四月九日，每次命案都隔了三天，那就意味着第四起命案会在四月十三日发生。按凶手的行凶方式看，应该会是在四月十三日晚上九点到十二点之前动手。而且我敢断定下一个被害人已经被凶手确定了。"

听了林凡的话，任飞着急了，"你这话会上都说了，关键是接下来该怎么办！"刘局长听着他俩的话，并没有表态。他现在不表态，只是想从林凡的推测里点醒一下自己的思路，他叫林凡来，不是让林凡来听他说的，而是让林凡来解决问题的，否则叫这样一个不相干的外人来做什么呢？因为这不是游戏，对于刘局长来说这不亚于一场战争，一场只能赢的战争！

不知道从什么时候开始，任飞对林凡说话的样子，好像随时都可能要和林凡吵架一样，他说："你要是没什么主意，没什么办法，那你刚才说的话和废话有什么区别？"

林凡口里喃喃地说："任飞，你说凶手知道不知道，我们会推测到四月十三日发生命案吗？"林凡这话像在问任飞，可更多地却像在自言自语。

对于这个问题，任飞还从来没有想过。现在林凡这样问了，任飞突然觉得这个问题显得有些白痴，却又有种奇怪的感觉。任飞想了想，"他一定知道。"

"为什么？"林凡接着问。

"那王八蛋弄这些个把戏，还不就是为了向警方挑衅，故意弄些名堂来搞得我们这些人难受，显得我们无能。"任飞说着，火气又上来了。

"你说得有道理，可凶手的目的不仅仅是这样。"林凡说。

任飞说："那还有什么目的？"

林凡一脸严肃地说："以现在我们所掌握的线索和资料来看，无论谁都知道在不到三天的时间里找出凶手或是先找到被害人，那几乎都是不可能的。除非凶手自己来投案自首，他无非就像你说的一样，想玩弄我们，可更主要的是让我们自己乱。"

任飞听了点了点头。

林凡接着说："其实他也可以没有规律地去杀人，他之所以这样做，无非就像他留下的一些奇怪数字和图案一样，给你一点信息，可这些信息却让你更乱，更让你着急，找不到方向，这样他不仅得到了杀人的快乐，更有了一种成功的快感，这样他会觉得一切都在他掌握之中。"

"我求你别再拐来拐去的了，有什么想法，你就直接说出来，你想让我急出神经病来呀!"任飞的火暴性子又来了。

林凡笑着说："那我作作这个案子的案情分析，看看和你今天说的有什么不同。"

"这才像句人话。"任飞这下来了劲。

林凡先拿出第一封信的照片，对他们说："我们先把已经发生的三个案子理一理。"说着他把几张照片按先后顺序排成一排，说，"先是奇怪的信上面写着奇怪的数字，接着是第一起命案，也有奇怪的数字和图案，再接着发生了第二起命案，仍然有奇怪的数字和图案，第三起也一样。"林凡在死者的照片后面摆上死者背部的图案和有数字的照片。

林凡对他们说："你们发现了什么特别的地方没有?"

刘局长和任飞看着桌上的这些照片，却没有看出有什么特别的地方。任飞抬头看着林凡说："你看出哪里特别了?"

林凡把那封信的原件从资料袋里拿出来，"你们这封信，也就是寄给刘头的信，请看这组数字里的最后一个数字。"林凡说。

刘局长拿过来仔细看了看说："没有什么特别的。"

林凡指着这组数字说，"你再看看，这些数字是用毛笔写的，用的是死者的血，但你们不觉得这最后一个数字的写法有些奇怪吗?"

这组数字里最后一个数字是"8"。如果不注意看，还真看不出什么，但经林凡这么一说再仔细一看就会发现，这个"8"字并不像大家平常写字习惯那样是连起来写的。而是分两个圆圈写的，因为如果是连笔写的话，那这个数字只会有一个笔画停顿的点，但这个"8"字明显有两个停顿的地方。只是写的时候两个圆圈写得比较靠近，粗一看，还以为是连笔写的。

任飞也发现了这个问题。他说："怎么，这会有什么问题？这可能是凶手写字的习惯也说不定。"

林凡指着另外的两张照片，"那你再看看其他两组数字里的两个'8'字的写法是不是一样的。"刘局长拿过来一看发现果然不一样，其他两个"8"字是连笔写的，和第一个"8"字的写法不一样。

屋子里苍白的光，照着桌上的照片，还有林凡那张脸。任飞看着林凡，有那么一刻真想拧林凡的脸，他真想知道，这张脸后面到底有些什么，怎么会这么让人捉摸不透，能看到这些他们看不到的东西。

林凡笑了笑接着说："这的确是个小问题，但也有可能是个大问题。作鉴定的时候每个数字上的血都拿去化验了吗？"任飞立即给负责鉴定的法医王小龙打电话。

不一会儿，王小龙就到了局长办公室。他一进来刘局长就问："你对这封信上的每个数字上的血都检验了吗？"王小龙被局长突然叫来还不知道是怎么一回事，被突然这样问更是愣住了。王小龙小声回答说："都验过了，怎么，有什么问题吗？"刘局长笑着说："没什么问题，叫你来是叫你把最后一个数字'8'再验一下，上下两个环都要采样，今天晚上就作鉴定，一有结果就告诉我，我在这里等你的消息。"虽然王小龙并不知道这是怎么一回事，但他从刘局长的神情里知道事情的重要性，他二话没说拿了那封信就走了。

等王小龙走后，任飞问林凡："按你说的，如果没什么问题，只是写法怪呢？"

林凡笑了笑，"我们还是等结果吧。"

刘局长走过来，拍拍林凡的肩膀问："林凡，你不会只发现这一点吧？"

林凡则走到桌边指着摆放着的照片说："还有一点，你们看我摆的照片，其实凶手已经告诉了我们他的杀人模式。"林凡指着第一封信的照片说，"我们先不要管那些数字代表的是什么意思，从第一封信开始，数字出现后接着第一位受害者出现了，在第一位受害者的现场发现有背部彩绘，而且还留有数字，接着是第二位受害者，再接着是第三位。"

任飞说："我知道你的意思，你的意思是说凶手作案的时候，可能是用图案或是用数字来暗示下一次凶杀案，这个在会上已经说了，只是我们不知道这图案和数字代表的是什么意思，我想这才是关键。"

林凡说："这不仅是我们知道，其实凶手也知道，他是故意留给我们信息的。"

任飞说："那你的意思是？"

"你们看！"林凡接着说，"这是第一组数字——5146 4723 3110 4228，是四个数字一组，一共是四组，接着出现的第二组数字——3278 4636 3074，最近的第三组数字——4223 2328 7035，可为什么在第三位受害者死后留下的数字却只有'1112'呢？你们不觉得奇怪吗？"

听了林凡的话，刘局长和任飞看着眼前的这些照片，也觉得疑惑起来，等着林凡的答案。

林凡叹了口气说："其实我也只是猜测，凶手会不会在杀了三个人后，他的杀人模式已经改变？最后一组数字的出现就是一个证明。"

这个没有根据的猜测，却使得刘局长和任飞的心顿时沉了下来。现在还不知道这些数字和图案代表的是什么意思，但凶手却已经有可能要改变他的作案手法了，如果真是这样，那么对这个案件的侦破将会难上加难了。

"可是我希望我这个猜测是错的。"话虽然这样说，可林凡心里对自己的这个推测却觉得很有把握。

这可能吗？任飞的心里其实也隐隐地有了答案。任飞沉重地说："那如果凶手改变了作案手法，又有谁会知道这个混蛋会不会更加变本加厉！"

刘局长焦急地问："林凡，这些图案和数字，你有什么思路能解开这个谜吗？"

林凡并没有直接回答刘局长的这个问题，他说："其实我有几个问题想问一下你们。"

屋子里有些闷，任飞的头上已经冒了汗。他并不是害怕，也不是热，只是觉得着急。任飞说："你说吧，就是直接点，别兜来兜去的！"

林凡说："如果这些图案和数字都是凶手故意留给我们的，那他为什么要留给我们这些呢？"

任飞不耐烦地说："凶手故意留下一些奇怪的信息，一是想证明他比我们聪明，想玩我们，二是像你说的，想搞乱我们。"

林凡听着笑了，"是啊！凶手就是想让我们知道，又不想让我们知道。"

任飞瞪大了眼睛，"这是什么意思？"

"也就是说他弄这么多手脚，是想搞乱我们的查案思路，但他又不可能设一个只有他一个人才知道谜底的局，他布的这些局他一定认为我们会知道，所以我敢断定这些图案和数字所代表的意思，或是隐含的模式，我们一定能知道，他也知道我们一定能知道，只是因为时间短，我们现在还没有想到，而且这种模式一定很简单，但怎么才知道那是什么模式呢，那数字和图案代表的是什么意思呢？"林凡好像又开始自言自语了。

任飞和刘局长开始听明白林凡的话了，虽然他说得有些语无伦次。但如果真像林凡所说的那样，这种模式是他们知道并很可能是很简单的模式的话，那又是什么模式呢？可林凡刚才又说凶手又很可能会改变作案手法，那么就算现在猜出了这种模式，以后谁会知道凶手会如何作案，并留下信息呢？如果真的是这样，警方将会被凶手继续牵着鼻子走，那么这个案件也许将没有被侦破的可能。

大家又沉默了一会儿，任飞说："林凡，你刚才说凶手可能会改变作案的方法，难道仅凭那四个数字吗？"

林凡说："那只是其中之一，你要想想凶手在与我们做什么样的一场游戏，或许他认为是一场游戏。其实我刚才忘了说很重要的一点，对我们很有利也很麻烦的一点。"

"哪一点？"任飞着急地问。

林凡说："那就是凶手不可能知道，我们什么时候会知道这个模式，会推测出这些图案和数字所代表的意思。"

任飞点点头，"我知道了，如果我们已经知道了图案和数字的含义，而凶手还按这些方式去作案，那么意味着主动权将在我们手里，我们就很可能会在他下一次作案前抓住他。既然他不知道我们什么时候会知道，那他就主动改变，让我们摸不清他的思路，天天跟着他跑。这个凶手还不是一般的聪明！"

刘局长在一旁听着，心里却感觉越来越沉重了。虽然刚才林凡所说的大多只是猜测，可他觉得这猜测非常合理，这也许都是事实。

林凡想了想，补充道："可是有一样东西，这个凶手不可能会改变。"说着林凡看着刘局长，似乎在等他的答案。

刘局长心有灵犀地看着林凡说："那就是这个凶手的杀人动机，这是他不可能会改变的。"

林凡没想到刘局长和他想到一块儿去了，"对！这就是他为什么要选这些受害者的原因。"

可是这所谓的动机又是什么呢？又要从哪里找出凶手杀人的动机呢？

林凡沉默了一会儿说："你们想想，这三个受害人，不同的社会背景、不同的性格、不同的家庭，而且凶手有那么多的时间去作案，而且第二天或当天就有人报案，有人发现死者。这会不会就是他事先安排和计划好的？这完全不同的三个人，为什么会成为凶手的选择对象呢？她们的共同点在哪呢？如果我是凶手，我现在怎么想？"林凡说这些话的时候却不知道是在问谁。

听着林凡提出的这些问题，刘局长和任飞都陷入了深思。还是林凡先打破了沉默说："我有个建议。"

刘局长赶紧凑了上来，"快说说看。"

林凡说："以案发的情况看，凶手应该对这三个受害人及其所住的周边环境还有她们的生活习惯都非常了解，而要暗地里去了解这些情况，需要时间，也需要场所，能不能在受害人所住的地方附近查一查最近两年时间里租客的情况，特别是对那些单身的男性多留意一下，看看这会不会查出什么线索。"任飞点了点头，觉得林凡的这个判断非常准确。

虽然林凡推测的面太大，但这至少指明了调查的方向，以后警方的工作也有了具体的目标。

林凡对任飞说："还有一件事，你还记得在第三个案发现场的那个矮柜吗？"

任飞没想到林凡会突然转到这个方向来，"记得，怎么？"

林凡皱了皱眉头说："从卧室的情况看，只有那个矮柜可以让凶手把那封信放到吊灯上去，从搬动的痕迹和柜子的重量看，我推测凶手应该是个男人，从柜子的高度与吊灯的高度分析，凶手应该和我差不多高，也就是大约在一米七五。"

任飞却不觉得有道理："虽然你估计得太粗，但就凭一个矮柜，你这样判断会不会过于草率了，杀手就不会矮一些，或是高一些？"

林凡说："你不要忘了，那纸上有什么。"

任飞瞪了瞪眼睛说："有白磷，怎么了？"

林凡接着说："如果凶手很矮的话，那么他放那信纸上去就会不方便，因为白磷有一些小的摩擦就有可能会自燃，以凶手这样细致小心的人来说，不可能会出现这样的失误。那封信是他故意留给我们的，他绝对不会让这封信毁在自己手里。如果长得很高的话，他不用搬那柜子，只要站在案发现场的床上放上去就行了。"

任飞听了叹了口气，"可是他那样做，那封信很有可能会毁在我们手里，那到头来他不是白忙活了？"

　　白忙活？林凡自从协同任飞接手这个案子以来，他就不再认为这个凶手所做的事，会是"白忙活"！林凡知道这个凶手的每一步、每一个行动都是精心安排的。在这个案子里，林凡他们是不能失败的，而这个冷血的凶手，他一样不能失败。

　　林凡说："就算是真被毁了，这也是他会考虑到的问题之一，我想他已经想好办法来应对这个情况的发生。还有我想说的就是，如果凶手不准备改变作案手法，他就会像原来一样把数字写在案发现场的墙上，而没有必要做这样的事，故意把照片放倒，让我们看到。"

　　任飞问："难道就不可能是团伙作案？你也不能排除这个可能性吧？"

　　林凡摇了摇头说："如果我是凶手，怎么可能会叫别人一起来做这些事呢，他不是不放心，更主要的是他看不起其他没有他聪明的人。"

　　林凡这个没有根据的推测却说服了刘局长和任飞。

　　林凡说："明天我想去前两个案发现场看看。"

第二章　清云迷雾

　　趴在床上的尼姑穿着僧衣，她的双手像前三件案子里的受害者一样被交叉压在胸下。她胸下的床单上可以看到一大片的血渍。由于血流得太多，血从床上渗下来，滴到了地上……

4. 咫尺之遥

从警局回来，已经是夜里一点多了。本来刘局长安排林凡住在警察局附近的宾馆里，可林凡还是要回家，他想回来理清一下思路。因任飞找林凡帮忙的时候已经是发现第二位受害者后的事了。林凡刚刚熟悉案情，就已经发生了第三起命案，他还没有时间好好地理清一些让他困惑的问题，而回到家里能让他更好地去思考这些问题。

折腾了一整天，任飞也已经累了，但他还是坚持送林凡回家。

城市的灯火璀璨而又美丽，任飞边开着车边侧脸对林凡说："兄弟，谢了！"

林凡奇怪地看着任飞，在他的印象中任飞好像很少和他说"谢"这个字。任飞笑了笑说："我现在明白你为什么不在会上说那些话了。"

这话让林凡听了觉得心里热乎乎的。就算任飞不说这话，林凡也知道任飞的心。只因为他们是朋友，再好不过的朋友。林凡苦笑着说："你当然会知道的，你是警察嘛，有什么能逃得过你的法眼。"

其实任飞心里明白，林凡之所以不在会上说那些话，是给了他和刘局长面子。如果林凡真在会上显得那么厉害，那他和刘局长的脸要放到哪里去呢？而且有些话也的确不能在会上说，这一点任飞明白。

林凡疲惫地靠在座椅上说："其实我也没帮到你什么，我所说的都只是推测，想要有实质性的进展，还有很多事情要做。"

虽然林凡这样说，可任飞知道林凡所说的这些"猜测"中，都是有根据的。这些在任飞看来都是事实，都是将来工作开展的基础。

他们没有再说话。林凡看着街灯一盏盏从身边而过，脑子里想着那些受害者背上的图画：一座古楼，古楼里有一人悬梁自尽；一盆兰花，旁有一位古装妇人；几片云和一条小河。这些都意味着什么呢？凶手为什么要在受害者背上画这些，为什么不画在别的地方，就像数字那样画在墙上，或是画别的东西呢？林凡一边想着画，一边仔细地回忆着三个受害人的身份、经历等情况。可是再怎么想林凡也理不清头绪。

车停下了，映入眼前的是"本色酒吧"的招牌。这是林凡和任飞的好朋友刘斌开的酒吧。这个酒吧在这座城市里的名气很大，虽然这个酒吧不是很大，但不知道为什么会这么有名。林凡和任飞也分析过，最终他们有了一致的答案，那就是刘斌这小子走狗屎运。

　　本色酒吧里人很多，吵得不行。他们一进来就有服务生看到了，忙上前来打招呼，接着就围过来一群卖酒的促销小姐。她们围过来不是为了卖酒，之所以不打算卖酒给他们俩，是因为她们知道，他们在这里喝酒有人付钱，那就是老板刘斌。用林凡他们的话说就是，在这里喝酒要钱，那就等于到厕所去点菜，不仅找错了地方，还搞得自己晦气。

　　一进酒吧的门，林凡就好像换了一个人似的。在警局里他像模像样，在这里他一下就变成了痞子。他一边和身边的卖酒女孩子打情骂俏，一边找刘斌，看他的样子就好像刚才什么事也没发生，他根本没有去过警局一样。而任飞却还是板着脸，一副见人就要咬的样子。对于林凡现在的突变，他一点也不感到惊奇，因为林凡这副嘴脸，他已经见得够多的了，比这更痞的样子他都见过。

　　不一会儿，他们就找到了刘斌。他正和两个前台吧长在聊着什么。这个时候刘斌也看到了林凡他们，还没有等林凡开口，刘斌就已经转身准备溜了。

　　林凡捅了捅任飞，"你看，我说的没错吧，这小子是属耗子的，见了我们就跑。"

　　虽然场子里很吵，可林凡这句话还是被刘斌听到了。他转过身来，"啊，原来是你们两位神仙来了，有失远迎啊，来啊上酒！"

　　林凡和任飞却不理刘斌，直接往后面的包厢走去。要是平时还可以在这里坐坐，可现在任飞心里正烦着，要他在这里待着，他很可能会把房子烧了。刘斌见了，也没再说什么，只得翻翻白眼跟了过去。

　　进了包厢，一下就安静了下来。一坐下来，任飞就不客气地说："刘总，把你上次说的什么调理肠胃的茶拿来，对了，再弄点吃的。"对任飞这种生硬的口气，刘斌好像也并不生气，只是吩咐身边的服务生照办。

不一会儿，茶上来了，还有一些零食，据说这茶是刘斌高价求来的秘方，专门调理肠胃的。可每次刘斌和漂亮女人喝起酒来，却从来不会想到调理一下肠胃。刘斌有一样本事，让林凡和任飞都自叹不如，那就是他交朋友的本事。只要和刘斌见过一次面，他就能记住你，说出你的名字，可以在很短的时间里和你混熟，而且他店里所有的人都被管理得很好，对来的人照顾得也很周到，也就是因为这样，他的生意才如此的好。

林凡抿了一口茶说："刘斌，你天天这样喝不是办法，小命迟早报销。"

刘斌呵呵傻笑道："是啊！所以我已经决定退居幕后了！我已经把我这里的一个服务生提起来了，让他当经理。以后所有的一切杂事都让他来管，我就轻松了。"

任飞说："到时候你可千万别来烦我！你小子忙的时候已经烦死人了，要是一闲下来，我非被你弄疯不可！"

任飞的这张臭脸，刘斌是见得多了。在他们这三个人中，似乎任飞和刘斌总是有斗不完的嘴，抬不完的扛，也就有了说不完的话和是非。这也就是为什么任飞的朋友不多的原因。可能是职业的关系，让任飞的脸上很少有笑容，就算笑了也可能会把孩子吓哭。可是真的了解任飞的人就会知道任飞的为人。刘斌也知道这一点，可是他不会放过任何一次气任飞的机会。

刘斌哈哈笑着说："你放心！到时候我一定天天和你吃和你住，直到把你弄疯为止。不过你疯了和没疯也一个样。反正你平时也像疯狗一样，见人就要咬！"

像刘斌这样的嘴脸，任飞也见得多了。要在平时他肯定会和刘斌较上劲，可是今天任飞没这个心情。

林凡笑笑说："刘斌你退下来好是好，不过有一点可能不太好。"

刘斌问："哦？说来听听。"他却不知道林凡原来也不是什么省油的灯，也就是任飞口里常说的：林凡也不是什么好东西。

果然，林凡神情严肃地说："下次我们来喝酒，你那个经理虽然认识我们，但要是向我们收酒钱的话，那我们给不给呢？这叫我们多为难啊！"

这话一出来，刘斌心里就骂开了。让刘斌气的倒不是林凡的话，而是林凡故作神秘的那种严肃的神情。刘斌看着林凡他们，真想冲过去狠狠地咬上他们几口。"把刘经理叫来！"刘斌转身打开门对外面的服务生叫道。

刘经理一来，还不知道是怎么一回事。刘斌便斜着眼睛看了看林凡他们问："他们两个你认识吧？"

刘经理被问得莫名其妙，"当然认识，都是老熟人了！"

他们三个，刘经理是知道的，在他们这里的人都喜欢看他们三个斗嘴，虽然常常输的是他们的老板刘斌。很奇怪，这三个人斗嘴的时候，能让他感觉到一种东西，那就是友情。

刘斌说："以后他们两个来了，喝什么都要给钱，哪怕来根牙签也要收钱！"

刘经理一听就乐了，"如果他们不给怎么办？您知道我又打不过他们。"

刘斌假装恼了说："那你不会报警呀？"

刘经理苦着脸说："可任飞是警察啊！"

刘斌露出恨铁不成钢的样子说："那你就不会在酒里放点毒药、泻药什么的。让他们下次不敢喝不要钱的酒？"

林凡一听这话，刚喝到嘴里的茶差一点没喷出来。

刘经理一听明白了，"好！既然老板这样说那我就这样做了。"说着刘经理又对林凡他俩说："凡哥，飞哥，你们看，这不关我的事啊，我是打工的，以后你们要是喝到毒药、泻药啥的还请多包涵！"说着刘经理出去忙去了。

而这个时候，林凡和任飞都快气得冒泡了。

　　林凡翻了个白眼说："刘斌！你还真会选人。能找到这样一个人才当经理，我是真服了你了！"

　　刘斌说："那当然，小刘你又不是不认识。人又聪明，能随机应变，关键是本分。"

　　还没等林凡他们东拉西扯几句，门又开了，进来几个服务生，把手里拿的东西一放，转身出去了。出门之前那服务生对刘斌说："老板，太晚了，所以只准备了这些，凡哥、飞哥您二位凑合着吃吧。"说着还对林凡他们挤了挤眼。看得出他很愿意帮林凡他们跑这个腿，虽然没一分钱小费。

　　刘斌把双手一摊，无奈地说："看吧！看来我这个老板还不如你们这些吃白食的，看来我是白干了。"

　　桌子上放的是四菜一汤，还有白米饭。因为这是任飞的习惯，就算是吃夜宵，也要吃上一碗白米饭。所以刘斌每次都嘲笑任飞是乡下人。菜有些清淡但很可口，汤也是在附近最有名的"老火汤"买来的，林凡喝得出来。一碗汤喝下林凡感觉肚子里是说不出来的舒服。他现在突然有些佩服刘斌了，要知道虽然他们常到刘斌这里来，可是在包厢里吃饭还是第一次。

　　而这一次没有上一杯酒，就好像刘斌事先知道他们今天是不会喝酒的一样。

　　不一会儿，几盘菜就被他们吃得一点也不剩了。

　　他们正在说着话，门又开了，刘经理进来了，他的手里拿着一个盒子。说是刚才有人给他这盒子，说是很重要，现在就要交给任飞。房间里的灯光虽然不是很亮，但林凡和任飞都看到了盒子上写着很大的四个数字——1112。林凡他俩对看一眼，他们对这组数字太熟了，因为刚才不久，他们还为着这些数字头痛不已。

　　任飞问："给你盒子的人呢？"

　　刘经理说："就在外面，他说就在那里等你。"

　　刘经理话一说完，任飞就站起来要向外冲，被林凡一下就拉住了。

林凡示意任飞坐下，他对刘经理说："小刘，我和你去，他是我们的朋友，我先去和他打个招呼。"说着站起来便和刘经理出去了。

林凡走后，任飞一直盯着这个盒子。刘斌看着任飞的样子，头皮有些发麻，在他的印象里任飞好像还没有这样发过呆。这是一个手机盒一般大小的盒子，白色的盒面，盒子的正面写着四个数字——1112。这四个血红的数字在昏暗的灯光下显得有些诡异。刘斌知道应该是出事了，要不然林凡和任飞不会这样。可是他没有问任飞，只是静静地等着，看着。

过了一会儿，林凡和刘经理回来了。一见林凡进门，任飞马上站起来问，"怎么样了？"

林凡摇了摇头，任飞知道那人已经走了，可这个送盒子的人会是凶手本人吗？

任飞问刘经理："那个人长什么样，你说一下。"

刘经理也是聪明人，再加上任飞的职业，他明白肯定发生了什么事，不过以他的身份也不好问，便回答说："没看清脸，他戴着帽子，当时我也没多注意。"

"那人个子有多高，多大年纪，什么穿着打扮？你能想起什么都说出来！"任飞着急地问。

"因为他是坐着的，我也不好估计他有多高，应该是个中等个。穿着黑色的上衣，还有灰色的裤子，哦，对了，他手上戴了一块表，像是块好表，我记得的就是这些。"刘经理说。

"那他是怎么跟你说的？"林凡问。

"他只说他是飞哥的朋友，然后我想领他进来，他说不用，说有件东西要送给飞哥，要我转交就行了，说是你一看就明白了，而且他说还在那里等你。后面的事你们也知道了。"刘经理说。

"你确定这盒子是他亲手交给你的？他身边有其他人吗？"林凡问。

刘经理说："没有，就他一个人。是他亲手给我的，哦，不，盒子是放在桌上的，我自己拿的。"

林凡问："他手上除了表外，有没有戴手套之类的东西？"

刘经理说："没有！这点我敢肯定。"

林凡知道已经没什么可问的了，便对任飞说："有意思吧？"

房间里的灯光本来就很暗。在这昏暗的房间里，放着这样的一个盒子，怎么也不能让任飞的心情好得起来。任飞咬着牙说："宣战书都送到我这里来了，先是给刘局长送信，现在给我送东西，哪天我非送他几颗枪子不可。"

看着任飞这样子，刘斌虽然不知道到底发生了什么事，可他也猜出了几分。林凡要刘经理找来一个袋子，小心把盒子装好。

林凡像想起了什么似的，对刘斌说："你这里不是安装了摄像头吗，我们能不能看看？"一听林凡的话，刘斌跳了起来，"是啊，我怎么没想到呢？"说着便带着林凡他们上了二楼的保安室。

任飞指着监控录像说："看到没，原来一直有车在后面跟着我们，我们还不知道呢。"这是停车场的摄像头录下的情况。任飞把车停在酒吧的停车场，不多久又开来了一辆车，从里面走出一个人。

任飞指着那人问刘经理："刚才送东西的是不是这个人？"

刘经理仔细看了看，"从衣着上看有些像，可是我没看清脸，我只能说像，不能确定。"

林凡指着录像问："停一下，小刘，你看看这个人戴的帽子是不是和那个人一样，还有那人戴的表是在左手上还是右手上？你回忆一下。"

刘经理想了想说："表应该是在左手，对，是左手，那人戴的帽子好像是黑色的，你知道酒吧里的灯光很暗，所以我也确定不了。"

这段录像只有两分多钟的时间，这个男人从车里出来，直接就进了酒吧。录像在放第二遍的时候，放了一半左右的时间，林凡突然说："停一下。"画面定格了。

林凡指着画面说："你们看他在做什么？"画面里是一个男人把左手抬起来，低着头。

任飞说："他应该是在看时间，对，看表！"

林凡点了点头，"应该就是这个人。虽然从我们进来到现在，录像里有其他人也从停车场出来，但从各方面情况看，这个人的嫌疑最大。"

接下来的录像由于光线太暗，根本没办法看清这个男人进来后都干了些什么，而且按刘经理说的他坐的位子，不是摄像头所能拍到的。

任飞说："你说凶手是不是对这酒吧太熟悉了，连摄像头在哪他都知道。"

林凡笑笑说："我觉得更多的可能只是巧合。"

任飞说："你怎么知道?"

林凡说："如果他不想让我们知道他的样子，他没有必要亲自把东西送来，可以用其他的方式把东西交给你。"任飞听了点了点头。

看完录像，任飞把那一段录像拷贝下来带走，并叫上了刘经理。他也算是这个案子第一个可能看到凶手的目击证人。

刘斌看着他们开车离开，摇了摇头，"哎! 又出事了。"

5. 无名的血和奇怪的钥匙

在回来的路上，刘经理显得有些紧张，毕竟事情太突然了。他没有想到只是转交一个盒子，就会被带到公安局去。他也怪自己太大意了，有谁会在半夜的时候跑到酒吧里给人送东西，而且是给一个警察送东西，如果这要是没有问题那才真是怪了。刘经理不敢问任飞，他只是对林凡说："凡哥，我没做错什么吧? 看在平时的交情上，你可得照看着我点儿。"

还没等林凡开口，任飞却说了话："放心! 你小子没事，只是想让你回去协助调查一下今天晚上发生的事，作作笔录，明天你就可以回去，不过以后要随传随到。"

任飞这番话无疑让刘经理吃了定心丸，这话比林凡说的还管用，毕竟任飞才是警察。

刘局长还没有走，他还在警局。林凡他们一到警局就马上把情况告诉了刘局长。

盒子就放在刘局长的办公桌上，白色的盒身，血红色的数字。在盒子上还是没有找到其他指纹，干净得就好像刚出厂的新盒子一样。

现在已经没有人会问为什么那个人要在酒吧里给任飞这东西，是要挑衅还是有别的目的。刘局长也没有问为什么在这个时候，他们还要跑到酒吧里去消遣，现在关键是要知道盒子里装的是什么东西。

房间里的三个人好像都没有要动手打开盒子的意思。任飞说："你们说盒子里会是什么东西？"

"这是给你的东西，我们哪会知道。"对于林凡的打趣，任飞心里反而更沉重了。他戴好手套，轻轻地把盒子打开。

盒子打开后，众人发现里面只有一把钥匙，钥匙上有一个蓝色的吊牌，吊牌上刻着"1112"的号码。可这又会是哪里的钥匙呢？

林凡戴好手套，拿起盒子里的钥匙，看了一会儿说："不如我们先想想什么样的钥匙上才会挂上号码牌吧。"

任飞说："说不定是凶手自己挂上去的，想暗示些什么。"

这个推测也不是不可能的。凶手有可能为了某个目的，自己做好吊牌挂在钥匙上面。可林凡却说："我看不会，你看这个号码牌和号码牌上的数字都应该是用机器刻的，不是手工刻的，如果是凶手自己刻的话，犯不着用这么大的工夫做这个出来，他可以自己用笔写一个，或用其他什么贴上去。这个号码牌和这个钥匙应该就是配套的。"

刘局长听了点了点头。

就算是配套的，可这又会是哪里的钥匙呢？会是下一个案发现场的大门钥匙吗？这把钥匙到底意味着什么。

正在这时，王小龙敲门进来了，他手里拿着检验报告。

任飞连忙问："发现什么没有？"

王小龙点点头："发现了另一个人的血迹！"

"另一个人的血迹？"任飞问，"到底怎么一回事？"

王小龙把报告递给刘局长："刘头，我按你说的，不仅把最后一个数字'8'的上下部分分别检测，还把其他两组数字中的'8'字都检测了，结果发现在第一封信的最后一个'8'的下半部分发现了另一个人的血迹。上次没有发现是因为没想到这个数字会是由两个人的血组成的，上次只检验了上半部分，所以没能够发现。经过比对，这个血迹不属于三位受害者中的任何一位，而是一位无名氏的血。"

这个奇怪的数字"8"真的有问题。可是这又会是谁的血呢？凶手为什么要故意留下这点血迹，他为什么要这样做？

盒子里的钥匙是怎么一回事还不清楚，这新检验出来的血迹又带来了一连串的疑问。

林凡的表情却不显得意外，他坐下来，点了一根烟，闭上眼睛沉默着。

任飞则低着头在屋子里来回走动："这无非有两种可能，一是这是凶手自己的血，可是他为什么要这样做，留下这样直接的一个证据呢？二是这是凶手留下的别人的血，可这又会是谁的血呢？可是就算凶手要留下，为什么要这么隐蔽，不直接点呢？"

这个案件似乎除了问自己一些该死的问题外，就再没有别的什么可做了。

"我想应该是凶手本人的。"林凡缓缓地说。

这话让在场的人心里都是一惊，因为在他们以前所接触到的案子中还从来没有遇到过这样的情况，凶手会把自己的血，这样直接的证据留下来。这上面难道真如林凡所说的是凶手的血吗？任飞不知道林凡凭什么这样肯定地说？

这张用鲜血写就的纸，似乎比原来更有了某种特别的含义。不仅仅是那些让他们想不到的数字，还有这突然冒出来的无名血迹。

林凡说："这第一封信，暗示的应该是第一名受害者，因为上面的数字是用第一名受害者的血所写的。凶手不可能会用以后的受害者的血来写这些数字。那这会是谁的血呢？那只有一种可能，就是凶手留下了自己的血液！"

可真的会是这样吗？真的会如林凡所说的是凶手留下了自己的血吗？同样的信，同样的血色，白色的灯光下让人看着只觉得心里发毛。任飞说："那可不可能是其他受害人的血，或是一个不相关的人的血？他无非是想扰乱我们！"

林凡说："你说的这两种情况应该都不可能。如果是其他受害者的血，那么这个受害人已经被害。可是现在还没有接到报案。按凶手的犯案手法，不会同时用两个受害人的血来暗示。凶手更不可能用不相干的人的血来故意扰乱。如果他真的要这样做，他可以做得更直接一点，让我们不费力就查出来了，为什么要这么隐蔽？而这一点万一被我们忽视了怎么办？"

任飞说："你又不是凶手你怎么知道不可能？"

"不可能，我只能这么说。"林凡说："之后的两个案子就说明了这一点。"

任飞的脸沉着，在日光灯下，更显得让人不敢接近。任飞并不是想真的驳倒林凡。可是凶手为什么要这样做呢？任飞阴沉地问："那你说凶手为什么这样做，这么隐蔽而又嚣张地弄上自己的血呢？"

林凡笑笑说："也许他只是想考考我们的能耐，如果我们不知道，那么这明摆着的证据就没有了。"

任飞说："不会这么简单吧？"

林凡说："我心里有一种感觉。"

任飞问："什么感觉？"

林凡说："那就是凶手不怕被抓住，所以他让自己没有了退路。"

任飞明白了，别的犯罪嫌疑人犯了案都怕被抓，想尽一切办法消灭证据，而这个凶犯很可能留下了自己的血，却又在案发现场把所有的罪证都消灭了，这是多么的不可理喻，多么的矛盾。可这些事也许只有这样不顾一切的人才做得出来。

本色酒吧的录像带刘局长也看了，让他振奋的是案子终于有了实质性的进展，因为终于知道了凶手的大致情况：男性，身高约一米七五，中等身材。接下来就可以进行排查工作了，凶手开的车的车牌由于光线和摄像头角度的原因，根本没办法看清。林凡知道这根本没必要去查，因为就算看清了，那也一定是个假车牌，凶手觉得游戏才开始，不可能因为这样的小事而暴露自己的身份。

6. 小的开端

人毕竟还是要休息的，折腾了这么久，林凡他们也的确感到累了。他们躺在警局的沙发上，准备休息几个小时后再开始新的一天的工作。

可是这种疲倦却又亢奋的状态让人不好受，林凡知道就算现在知道了那些数字和图案所代表的意思，就算知道这钥匙暗示了什么，还是无法阻止凶手再行凶的。

林凡知道这个凶手作案一定是蓄谋已久的，在发生的这三个案件中，不同的受害人、不同的地点、不同的身份背景，凶手却能得心应手地作案，而且有充足的时间去处理案发现场，也有充足的时间去布置案发现场，这是多么可怕的一个人，多么可怕的一个计划……

虽然还有很多问题没有想明白，但实在是太累了，林凡迷迷糊糊地睡着了，梦中他似乎又看到了那些血红的数字和那些诡异的图案……

等林凡醒来的时候，他看到了窗外照进来的柔和的阳光。任飞和刘局长已经不见了，应该是出去忙了。自己身上不知什么时候多了一张毛毯，林凡一看表，已经是早上十点了。

警察局里大家都在忙着。林凡看着他们忙碌的样子，觉得他们是那么的可爱，这是他第一次这样觉得，在这里他能感受到一种莫名的温暖。他正想着，对面走过来一位漂亮的女警察，她的笑就像春风里绽放的花一样。

她名叫周清，是这里的警花，刚到这里工作还不到一年。周清走过来笑呵呵地对林凡说："怎么样，我的大侦探，睡醒了？"

清晨的阳光下，周清亭亭玉立地站在那儿，她的眼睛真的好美，美

得让林凡觉得她本不应该来当警察的。面前的情景就像一幅画，那么真实而又自然。或许是因为她眼中的那点莫名的透亮，让林凡觉得今天应该会有好的开始。林凡笑着说："还好，任飞去哪了？"

面对林凡，周清总有种说不出来的感觉。对于这种感觉连周清自己也说不清。虽然林凡和任飞是好朋友，也帮过任飞不少的忙，可是林凡来警局的次数并不多。这个世界有些人，不常会见到，也可能不常会思念，可是一见面，却有种说不清的感觉。对周清来说，林凡就是这样的人。

窗外的阳光照着林凡的脸，他的眼睛在阳光中闪着光，透亮透亮的，让周清忍不住闪了一下神，周清赶紧调整了一下表情说："任飞去调看监控录像的同事那儿了。他说等你醒了，和你一起去前两个案发现场看看呢。"

林凡说："怎么，有什么新发现吗？"

周清说："不知道，他没说，只让我这样告诉你。你还没吃早饭吧，我帮你去买。"

林凡说："不用了，我现在去找任飞。"

周清着急得把脸都憋红了："那可不行，你是客人，任队长走的时候还特别交代我，要我伺候好你这个大侦探呢。"

说真的，林凡真的没什么胃口。可周清一定要去给他买早餐，他也没法子。她还硬要拉着他一起去，说是走动走动可以清醒一下脑子。

的确，外面的空气比屋子里要好很多，再加上今天早上有些风，让林凡感觉放松了很多。阳光、轻风，多么美好的一天，虽然现在这座城市里已经恢复了白日的喧嚣。

下楼以后林凡没有急着去吃早饭，他要周清陪他走走。这样的好天气，和这样的漂亮女警察一起散散步，也许真能让林凡的脑子得到清醒。周清一路上和林凡有说有笑的，却一句也没提案子的事。林凡知道这是任飞的安排，想让他得到片刻的休息，他是一个粗中带细的人。

这样的天气，此情此景心里本应想的是些美好的事，可林凡脸上虽然笑着，心里却仍然很乱。

他俩走到一家超市门前，由于时间还早，又是上班时间，所以这个超市显得有些冷清。周清提议去里面逛逛，顺便买点吃的。一进门，旁边便是一排储物柜。

林凡一边想着事情一边和周清往里走着，身后突然传来一声关柜门的声音。林凡从沉思中惊醒，他回头去看，原来是一个母亲正带着一个四五岁的小男孩在储物柜前存物品。

那小男孩子抓着妈妈的手："妈妈，我要，给我，给我嘛！"

妈妈却不依他，"不行，上次给你你就给弄丢了，害得妈妈好一顿找。"

"这次我一定不会弄丢，我保证！"

"那好，我们拉钩！"说着妈妈和孩子拉了钩，就把储物柜的钥匙给了孩子，孩子高兴极了。

林凡站在那里，眼睛突然一亮……他转身快走几步来到储物柜前。贮物柜是自动存取的，只要用一元钱的硬币就可以使用。没有用过的柜子上都还插着钥匙，每一把钥匙上都有吊牌，上面的号码对应着柜子的号码。

周清正往前走着，突然发现身边的林凡不见了。她回头一看却看到林凡站在储物柜前发呆，她忙走过去问，"你这是怎么了？"

林凡没有回答周清，他只是呆呆地看着这些柜子。好半天，林凡才转过头笑着对周清说："今天真是个好天气，不是吗？"

这句话把周清弄糊涂了，她看着林凡，不知道他发什么神经。

"你今天立了头功，走，我们赶紧回去。"林凡说完拉着周清就往外跑，可周清却还是一头雾水。

来到警局，他俩迎面就遇到了陈小东。他是任飞的手下，入警察这行也只有两年的时间。陈小东一见到林凡就把他拉住了，"凡哥，知道我发现了什么吗？"

林凡平时也挺看好这小伙子，"怎么了？是不是发现哪家的姑娘

了?"

"不是!"说着陈小东瞟了一眼林凡身后的周清，"我发现了这个案件的一个线索，刚才和刘局长说了，他还夸我呢!"

一听这话，林凡来了精神，"快告诉我，是什么线索?"

陈小东凑到林凡耳边，轻声说："还记得第三个案发现场留下来的'1112'那四个数字吗?"

"记得，怎么了?"

"你猜这第三个死者是什么时候生日?"

林凡一听就明白了!他真想抽自己一耳光，为什么这么简单的一个问题，自己没有想到呢!而且不光是自己没有想到，这么多的人只有陈小东一个人想到了。虽然现在还不能证实什么，可是这话一说明了，似乎就那么的明显，也那么的没有了意思。

"行!算你厉害，我现在要去找刘局长，回头再和你细聊，你再发现什么线索一定要告诉我。"说着林凡就往楼上跑去。

陈小东得意地看着周清，那样子好像在说，看!只有我一个人发现了!

平时在警局，陈小东和周清是一对冤家。就像林凡、任飞和刘斌他们三个的关系一样。可是周清不知道的是，陈小东在和她抬杠的时候，陈小东眼神蕴含的东西。周清瞟了陈小东一眼，"有什么了不起，你以为这对案子有用吗?"

"当然有用了，一般人是发现不了的!"陈小东说。

"得了吧你，你也就这点本事，和我们任队一比，和凡哥一比，你就歇菜吧!"

"我比他们差吗? 我怎么不知道我差在哪里?"

"这话你就敢在我面前说，你要是敢在他们面前说，那我才真服你!"

"你以为我不敢?"

"你就不敢!"

7. 秘密

林凡找到刘局长，告诉他，凶手送来的钥匙很可能是一把超市或公共储物柜的钥匙。刘局长听了，却没怎么高兴起来，因为这个城市的超市太多，再加上一些其他公共场所的储物柜，一时间又到哪里去找和这把钥匙配套的储物柜呢？看着刘局长的神情，林凡也知道他的困惑。

林凡说："刘头，其实这个储物柜的大概地点，我知道。"

刘局长一听，觉得不可思议地问："你怎么会知道？"

林凡说："刚开始我不知道，可根据刚才陈小东告诉我的信息，使我确定了地点。"

刘局长说："你是说史芳婷的生日和钥匙上的数字是一致的？"

林凡说："是的，今天我和周清去逛了超市，我发现这把钥匙很像超市里储物柜的钥匙。"刘局长想了想，越想越觉得这里面有戏。可钥匙已经送到技术科去了，他赶紧打电话叫人送了回来。的确，这把钥匙和他们平时逛超市时所用的储物柜的钥匙很像。

刘局长忙问："那地点会在什么地方？"

林凡说："凶手已经暗示了，这把钥匙与史芳婷有关，钥匙所开的柜子应该就在史芳婷家附近的超市内。"

这奇怪的钥匙，这奇怪的数字，被林凡这样一说，好像两者之间的联系一下就变得清楚起来。刘局长点了点头，"地点你真的能肯定？"

林凡说："我有一定的把握，在受害者家附近就有一家很大的超市，我们可以先去看看。"

刘局长说："好，你带几个人去，回来向我报告。"

林凡二话没说就出发了，时间不等人，更何况虽然林凡说得有理，但需要用事实来证明。他只带了陈小东一个人就出发了，出发前，林凡打了电话给任飞，把这个情况告诉了他。任飞一听差点没跳起来，他说立刻赶到林凡所说的超市与他会合。可林凡并没有同意，他说自己先过去看看，有情况再通知任飞，任飞也只好同意。走的时候，林凡要陈小东换了便衣，换了辆民用小轿车一同前往。

史芳婷家附近的超市叫"联众"，是一间比较大的超市。离林凡他们所在的警局也不是很远，开车只要半个小时。

路上陈小东开着车，显得很高兴，"凡哥，你说我那个发现算不算一个大发现？"

林凡看着他得意的样子，心里却开心不起来。因为以他的猜测应该没有问题，可是万一判断有误呢？林凡没有回答他，而是问："你还发现了些什么？说说看。"

听到林凡向自己问问题，陈小东高兴极了。说实话，在警察局里陈小东最服最怕的是任飞，可是他在心里更服的却是林凡。陈小东得意地说："虽然我从事警察这个职业，可是破案子这档子事要看本事，也要看点运气，是不，凡哥？就拿这个案子说吧，我对那些数字就很感兴趣。"

林凡觉得这小伙子可爱极了，在警局里陈小东是最淘气的，可也是最聪明的一个年轻人。林凡笑着说，"哦？怎么个有兴趣法？"

"你看，第一封信，是暗示第一个受害人，而第一个受害人现场的那些图案和数字是暗示下一个受害人，如此类推，现在我们只要找出1112这四个数字暗示史芳婷的生日外，还代表了什么，就可以找到凶手作案的规律了！"说着陈小东脸上露出了得意的笑容。

林凡听了，越发觉得陈小东可爱。陈小东说的是有一定道理，但也不全对。以林凡的思路来看，案发现场的数字是暗示下一个受害者，而受害者背部的图案他觉得与暗示下一个受害者无关，而是暗示了更多的东西，很可能这就是凶手为什么要杀害死者的原因。

林凡说："这事情好像很多人都知道，这也显不出你的厉害吧？"

陈小东自信地说："你看，第一个案发现场留下了十二个数字，四个数字一组，也就是三组数字，而第二个受害人的名字正好是三个字，我觉得凶手留下的数字就是暗示受害者的名字，第二个案发现场也是这样。"

林凡也在回忆着案情。陈小东说的数字一个个在林凡的脑海里呈现着…… "有理！可是第一封信有十六位数字，按你的意思，应该代表四个字，可第一位受害者是三个字的名字，而且第三位受害者案发现场找到的只有四个数字，按你的推测，就只有一个字，谁的名字会只有一个字呢？"

陈小东笑了笑，"凡哥，我不就是这样想的嘛，我之所以没对任队和刘头说，就是因为还没想通，所以先和你说说，也想听听你的看法。"

林凡觉得思路渐渐清晰了起来。他问陈小东："你说说看，在什么情况下，我们要用数字来代替汉字？"

陈小东想了一会儿，"平时哪会有这种情况，估计应该是特别的时候，比如打仗的时候用的密码啥的。"

"特殊的时候，特殊的时候……"林凡口里默默地念着。可什么时候是特殊的时候呢？林凡想起他和任飞说的话。凶手暗示的模式一定是他们都知道的，只是他们一时想不起来。可什么样的模式是他们都知道而又一时想不起来的呢？

陈小东在这个时候说："我想这次任队一定被气死了，这个凶手明摆着是来挑衅的！"

可此时的林凡却突然像触了电一样在座位跳了起来，"我怎么这么笨呢？这都想不到！"

陈小东被林凡这个举动吓了一跳，赶紧把车停在路边，"凡哥，你怎么了？"

林凡兴奋地问陈小东："你听说过汉字区位码没有？"

陈小东一头雾水说："汉字区位码？你的意思是？"

林凡没有说话，只是笑呵呵地点了点头。

"四个数字代表一个汉字……"陈小东说，"对了，除了这个还会是什么呢？为什么明摆着的事，我们就没想到？"

现在林凡知道自己没有注意到一个很重要的事实，那就是这封信是

寄给刘局长的，这是一种暗示。还有一点很关键，那就是他自己所说的，凶手已经改变了暗示的方式。那"1112"就是证明，在第三个案发现场发现的数字和原来的数字就不再有关联了。

林凡并没有回警局，而是立即给刘局长打了电话，毕竟这次出来是先要把钥匙的事情弄清楚。

窗外的阳光很好，林凡呆呆地看着窗外的街道，"证据就在这里！是不是汉字区位码，这把钥匙也许就是旁证！"林凡心里想着，他的手里紧紧地抓着那把钥匙。

车很快就到了联众超市，超市里的人不是很多。储物柜是在商场一楼，林凡他们经过储物柜走到商场里，林凡没有直接在储物柜前停下来，而是带着陈小东在商场里逛了起来。林凡要陈小东注意，有没有人在监视储物柜前的情况。他们就这样轮流在柜子不远的地方逛来逛去，等林凡确定没有人跟踪后，他才带着陈小东往储物柜的方向走过去。

本来陈小东急着想知道那把钥匙是不是这里的，可是林凡却拉着他到处逛，搞得陈小东心里有些烦，"我们是来调查的，现在搞得我们像贼一样！"

林凡笑笑说："要想抓贼，就得先当好贼。"

他们很快就找到了1112号柜子。柜子锁着，林凡拿出钥匙和其他柜子的钥匙对比了一下，发现这些钥匙都非常的相似。蓝色的吊牌，连吊牌上的数字都极其的相似，这些似乎都证明了林凡的推测。

林凡把钥匙插进钥匙孔一扭，柜子门"啪"的一声开了……

陈小东在旁边舒出了一口气，他们终于要揭开钥匙代表的秘密了。可是陈小东却开始有些紧张起来，这个柜子里面会有什么呢？陈小东知道这凶手什么变态的事情都有可能做得出来。想着这个，陈小东的心里又有些害怕起来。

林凡并没有立即把柜门打开，他回过头看了看陈小东。看着陈小东紧张的样子，笑着说："我想，里面应该不会有什么骇人的东西。"

陈小东吞了口口水，"你怎么知道？"他不明白林凡这个时候为什么会笑。如果里面不是像林凡所说的那样，而是有着其他的东西呢？

林凡边缓缓地打开柜门边说："如果我是他，我不会做那样的蠢事的。"

一打开柜门，一股怪味扑面而来，像是霉味又带了些腥臭味。仔细一看，柜子里面放了一个黑色的塑料袋，里面满满当当地装了一袋子的东西。

陈小东下意识地看了看林凡，不自觉地咽了一下口水。

林凡迅速地拿出袋子，在检查过柜子里面没有其他东西以后，拿出钥匙和袋子就往外走，边走边说："你赶紧给刘局长打个电话，通知一下这里的管理处，不让其他人再动这个柜子。"陈小东立即给刘局长打了电话，他们一路飞车回了警局。

陈小东开着车，时不时从后视镜看着放在后排座位上的那个黑色袋子。

"怎么，是不是很想知道里面装的是什么？"林凡说。

陈小东点点头，"难道你不想知道里面装的是什么吗？"

"想听实话吗？"

"当然了！"

"也许知道了，比不知道好不到哪里去。"

陈小东知道林凡的意思，打开了这个袋子发现了里面的东西，也许那又是一个让他们头痛的"谜"！

"你说，凶手现在在想些什么呢？"说着林凡脸上露出了笑容。看着林凡的笑，陈小东还真不知道怎么回答他。林凡现在心里突然有种莫名的冲劲，像他这样的人，越是有困难，他就会越坚强，越勇敢，越想战胜它……

到了警局，林凡和陈小东立即将情况向刘局长汇报。不一会儿任飞也风风火火地赶回来了。刘局长叫来技术科的人员拍了照后，开始打开这个神秘的黑色塑料袋。

打开塑料袋一看，所有人都惊呆了，只见塑料袋里装有几条毛巾，上面印有很多血迹，以及一些长头发，看样子像是女人的。毛巾被装在袋里闷了很久，发出难闻的气味。任飞知道这肯定就是案发现场被带走的毛巾，但凶手又把这些毛巾给送回来了。

技术科的工作人员打开这些毛巾，发现毛巾中包着一样东西——一块石头。

大家围着这块石头仔细地看着，这块石头看上去很普通，就像是在野外随便就见得到的那种石头。这块石头如果放在野外应该没有人会特别注意到，可现在，它却变得比钻石还惹人注目。

陈小东看了看林凡，他希望从林凡的表情中，找到什么，可是林凡的眼神却是冷冷的。

已经是四月十一日下午了，离推测的凶手再一次作案的时间也越来越近了。

林凡咬了咬嘴唇，像是刚下了一个重要决定似地说："先不管这石头是什么意思了，那些数字与汉字区位码的关系，查出来了吗？"

对于林凡说的这些数字代表的是汉字区位码的事，在接到林凡的电话后刘局长已经开始派人着手调查。用汉字打数字代码容易，可是用数字找汉字可不是那么容易的事。还是林凡想了个办法，先把受害者的名字打出来，再找出数字代码，最后与这些数字进行比对，结果很快就出来了。

秦丽：　　3956　3286

李文娟：3278　4636　3074

史芳婷：4223　2328　7035

在第一位受害人秦丽的案发现场，凶手所留的数字——3278　4636　3074暗示的正是第二位受害人李文娟的名字，在第二位受害人——李文娟的案发现场，凶手所留下的数字——4223　2328　7035暗示的也正是第三位受害人史芳婷的名字。得到这个结果令大家欢喜不已，而站在一边的林凡脸上却没有高兴的表情。

第一封信中的数字，经过大家仔细查找，终于找到了相对应的汉字。5146对应的是"游"字，4723是"戏"字，3110是"开"字，4228则是"始"字。

看着第一组被解释出来的汉字，大家的脸都阴沉下来。看着"游戏开始"这几个字，大家真真切切地感觉到了一个疯子的挑衅。这个困扰大家多天的数字之谜终于解开了。可"1112"却没有找到相对应的汉字。

可林凡知道，这个数字之谜虽然解开了，但对于侦破这个案子基本没有多大的帮助，因为凶手不会再用这种方式作案了。

8. 解谜后的谜语

案子有了新的进展，刘局长立即召开了新的会议。讲完案子新的进展后，这一次刘局长没有让林凡沉默，他让林凡把对三个案件的分析向大家说明一下。

林凡没有推辞，"现在三个案件的情况应该比以前清晰了很多。首先，凶手寄给刘局长第一封信中的数字翻译出来是'游戏开始'的意思。我个人认为这是凶手在向我们暗示整个连环凶杀案的开始。其中信上的数字是用第一位受害人秦丽的血所写的，它暗示着第一位受害人已经出现，值得一提的是，秦丽被害的时间是四月一日，而信寄到也是四月一日，尸体被发现的时间也是四月一日，可见凶手对被害人情况的了解以及整个计划的周密。"

屏幕上的投影转到第一位受害者的案发现场的照片上。林凡接着说："秦丽的案发现场，其背部的图案，我个人认为是对受害者的一种暗示。而在墙上所留的血字，经破译是第二位受害者李文娟的名字，凶手用这样的方式暗示了第二位死者的身份。"

接着播映的画面是第二位受害者李文娟的案发现场的照片。林凡说："同样，在第二位受害者李文娟家墙上留的血字，暗示的也正是第三位受害者的名字。"

最后林凡说："可以看出，凶手对所有的犯案时间、人物、地点都事先计划好了，并用数字与图案的方式作出相应的暗示。"

林凡说得简单也没有作过多的猜测，他没有把凶手寄给刘局长的信里的"8"字里的无名氏的血迹说出来，也没有对1112号柜子里的物品和情况进行分析。林凡所做的和任飞的工作一样，只是把情况介绍一下，甚至比任飞更加简单。

刘局长说："任飞，你那边有没有什么新的进展？"

任飞上午去了第三个案发现场，他真的发现了情况，可是一回警局，不是奇怪的石头就是数字弄得他都没时间汇报了。任飞说："从第三位受害者楼层的监控录像看，受害人是晚上七点十三分左右回到家的，这之后再也没有出来过。昨天出现在本色酒吧里的神秘男人在史芳婷的楼层监控录像里出现了。时间是四月九日的晚上九点十一分。从摄像头的位置分析，嫌犯身高应该是在一米七五左右。"

任飞让人先播放了本色酒吧的录像，他做了部分解释，接着开始播放第三位受害者史芳婷所住楼层八楼的监控录像，画面显示在九点十一分的时候，有一个男人从消防通道里出来，向史芳婷所住的房间走了过去，由于史芳婷的房间是在转角处，从嫌疑犯出现到消失只有几秒钟的时间，嫌疑犯所穿的衣服、戴的帽子及走路的姿势都和在本色酒吧里出现的人一样，可以断定这两个人就是同一个人。

林凡问："电梯和其他地方的摄像头有这个人的记录吗？"

任飞苦恼地说："没有，查了这两天所有的记录只发现这几秒钟的镜头。"

林凡再问："对附近的住户有没有调查？"

任飞说："我特地交代同事在那边查了，具体情况还要晚些时候才能汇报。"

刘局长说："既然案子有了新的进展，现在要调整一下工作安排：一是把录像里的嫌疑犯的照片发到各个调查组的手里，让他们对三位受害人的家属和朋友进行调查，看看有没有人知道有这样一个人与受害者认识或有过接触的；二是对受害者所住地周围的住户进行排查，对于三个案发地点本住宅区两年以内入住的人员要进行详细的排查，并要做好详细的记录；三是对于死者身上的图案，应该是属于人体彩绘，找相关的业内人士去询问一下这些图案的意思，要尽快破解这些图案之谜，因为这些图案很可能暗示着凶手的杀人动机。原来正在进行的工作要做得更细致，没有做的立即开展。依现在我们掌握的情况来看，嫌犯是一名男子，身高一米七五，体格健壮。"

接着，刘局长根据相关的工作安排了相应的人员，大家也就立即分头行动。

排查的工作，林凡并没有介入，因为这方面的工作警察局的人比他有经验得多。闹了这么一天，林凡才想起自己连一口饭都没吃，现在肚子已经饿得咕咕叫了，一看表现在已经是快下午四点了。

可是林凡却没时间去吃东西，他要赶在天黑前，去前两个案发现场看看，至于那块石头，只有等晚上回来再研究了。

路上，林凡大口嚼着面包。任飞看着林凡的样子，又想笑，又觉得过意不去。林凡是他找来的，可是从林凡来的第一天就是折腾他，吃得最好的也就是昨天晚上在本色酒吧的那一顿了。

任飞打趣道："喂，我说你不会慢点吃，给我留点，我今天也是啥也没吃呢！"

林凡灌了一大口矿泉水，"哎，这人要是饿着，想问题的时候脑子都会不灵光。"

看着林凡这个样子，让任飞觉得特别的舒心。任飞喜欢林凡这样有点痞的样子。可任飞嘴里却说："你现在吃饱了，也喝足了，脑子也灵光了，我问你几个问题，你要是回答不上来，就得请我吃一顿好的。"

林凡笑着说："我还真后悔答应帮你，你看这才两天时间，我的小命都快报销了。"

任飞说："你应该感谢我才对，要不是我，你这两天还不知道到哪里混呢，那样你的小命报销得更快，我要是你的话，跪下来给我磕头都来不及。"

阳光的确是一种奇妙的东西，它能让人感到温暖，也能让人想起很多快乐的回忆……被暖暖的阳光照着脸，林凡闭着眼躺在座位上惬意地说："本来我现在应该是抱着个小妞，去看太阳落山的，你想想，那滋味总比在这里啃面包、看臭脸、受挖苦要好得多吧。"

任飞说："面包你吃了，那可是我出的钱，也就是纳税人的钱，我现在有几个问题问你，你要是答不上来，你就是犯罪，知道不?"

林凡无奈地说："就像昨天刘斌那小子说的，我是上辈子欠你的，哎，说吧。"

现在任飞脑子里除了问题还是问题，他一直希望林凡能给他多些答案。

任飞说："那石头是什么意思，你想明白没?"

林凡表情严肃了起来，"还没想明白。"

任飞疑惑地说："你说凶手为什么要亲自把钥匙送来?"

林凡说："这个我倒能猜到一点。"

任飞来了精神说："哦，说说看!"

林凡说："虽然我们是在史芳婷楼里的监控录像里知道嫌疑犯的一些情况，可是你想过没有，凶手会不会知道我们会去调查那里的监控录像。"

任飞想了想说："他应该知道。"

林凡说："嫌疑犯没有去想办法毁掉这段录像，一是说明他一定没有这个能力和机会，二是他不愿意在这样的时候冒这个险。"

任飞问："那他为什么要冒险来找我们，他不怕我们把他当场捉住? 他肯定清楚我们已经知道他的很多情况了，他还把那东西寄来，他没有必要冒这个险。"

林凡说："记得我们推测的下一次案发时间吗?"

任飞说："你是说四月十三日?"

林凡说："对，时间对我们来说很紧迫，对于凶手来说也是一样。

他是想把东西尽快交给我们。"

这话让任飞听得莫名其妙，"不是吧？我有时候真搞不清是你有病，还是那变态杀手有病。"

林凡说："凶手有一点很聪明。"

任飞说："哪一点？"

林凡说："他给了我们一个下马威，他亲自把东西送来。可是他的衣着没有变，他只是告诉我们是他做的，而没有给我们留下更多的细节。"

任飞点了点头。这也就是说，凶手亲自送和没来送情况都差不多，凶手只是为了给任飞一个下马威，可这凶手的胆子也太大了。

林凡说："还有就是把东西第一时间送给我们，让我们多点时间去想，去解决石头的问题，从而发现更多的线索。"

任飞咬着牙说："那他的人还'真好'，还真会为我们考虑！"

阳光照着任飞的脸，却没有给任飞带来一丝温暖的感觉，他反而觉得身上有些燥热，"还有什么，快说！"

林凡说："从这里还可以看出一点，那就是凶手对第三位受害者史芳婷所住的地方情况很了解。"

任飞点了点头。

林凡说："可是凶手是怎么进到房间里的呢？从尸体的情况看并没有扭打的痕迹，难道他们认识？如果不认识又怎么让他进的房间？凶手难道有钥匙？"

任飞说："你觉得他们应该认识？"

林凡却没有回答这个问题，"凶手为什么要选史芳婷呢，选前面两个受害人还有道理，因为我们得不到什么有价值的线索；可是这一次他明知道他逃不过楼道里监控摄像头，还要选她呢？"

林凡明白这些问题不是首要解决的，首要解决的是那块石头和那些图案的意思。那石头也许就决定了一条鲜活的生命！林凡觉得还是要亲自去看看前两个案子的案发现场，也许在那里能找到一些线索。

9. 两个案发现场

　　两个人在车上没聊一会儿就到了。林凡下了车，看到"阳光小区"四个大字。林凡知道这是第一位受害者住的小区。

　　林凡他们下车后并没有直接往小区里走，而是绕着小区转了一圈。通过观察，这个小区一共有九幢房子，并不是封闭式管理的。有四五个出口，有些出口没有设保安。林凡问任飞这些没有人守的小区出口，晚上什么时候关门。任飞告诉他由于这里人员复杂，要到晚上十一点多的时候保安才会来关闭。这里的保安人手不足，因此在小区内巡逻的次数也有限。

　　走进小区里，人来人往，到处可以看见某某公司的广告招牌。各幢房子的一楼大多是小卖部，也有一些五金店。林凡看了看表，现在已经是下午四点多了，这个小区仍然很热闹。

　　来到秦丽所住的楼下，林凡他们又转了一圈，发现就在这幢房子的旁边就有一个小的出口，铁门还开着，不时地有人进出。秦丽所住的楼下也有一个五金店，店里正在加工铝合金门窗之类的东西，发出刺耳的声音。案发现场是在四楼，林凡他们上去的时候，已经有警员在等着他们，一个是章南，另一个是吴天宝。

　　由于不想造成不必要的影响，除了秦丽住的房间，其他地方都没有画警戒线，住户可以像平时一样自由出入。邻居们只是知道秦丽自杀了，大家都比较接受这个理由，不过还是有很多的猜测。

　　这是一套两室一厅的居室。房间里的摆设和一般家庭里的差不多。客厅的小茶几上摆着一盆水仙花，也许是因为很多天没有人照顾，已经有些枯了，但整个房间还是有着淡淡的清香。

　　两间房间，一间是书房，一间是卧室。秦丽的尸体是在卧室里被发现的。

　　任飞告诉林凡，这里都经过了仔细的搜查，但家具的大体位置没有变。林凡听了点了点头，卧室墙上的血字已经被擦掉了。

林凡问："晚上十二点以后，小区里仍会有很多人在外面活动吗？"

吴天宝说："案发当晚，这附近没有人，商店都关门了。平时这里到了晚上十一点多的时候人就很少了。"

林凡走到窗户前看了看，又走到门口蹲下来看了看门锁。身后的吴天宝说："锁没有被撬过的痕迹，不知道凶手是怎么进来的。难道凶手是从窗子爬进来的？"

林凡又问："案发当晚有没有邻居听到敲门声或其他声音？"

吴天宝说："没有，都睡了。"

林凡站起来把门轻轻一关，没关住，再用点劲还是没关住，他使劲一关，门"砰"的一声关上了。林凡又打开门，拉着门栓把门轻轻地关上，再把门栓松开，他拉了拉门，门锁上了。

林凡回头问："这附近有没有修锁的？"

章南说："有，楼下旁边就有一家。"

林凡说："那麻烦你，把老板叫来，我有事要问一下。"

不一会儿，章南就把楼下修锁店的老板带来了，是一个三十多岁的中年人，手里提着个箱子。看他的样子他有些紧张，毕竟有警察来找，再加上前些天发生的事，不做贼也会心虚的。

林凡问："师傅，这家人有没有找过你修锁？"

修锁老板擦了擦额头的汗，想了想说："嗯，有过，不过那已经是一个多月前的事了。"

林凡忙问："当时是怎么样的情况？"

修锁老板说："我也不太记得了，反正那次秦丽来找我说锁坏了，门不好关。我就来了，帮她调了下锁就走了。"

林凡问："你和这家的女主人秦丽很熟？"

修锁老板看着林凡的眼神，心里有种说不出来的紧张，"只是认识，认识，原来在一起打过麻将。"

林凡问："这附近只有你一家修锁的，还有没有别家？"

修锁老板不时地瞟着任飞说："有，还有两三家，不过这一头就我

一家，其他的在小区的那一头。"说着他指了指方向。

林凡问："那你怎么不帮她换把锁，换锁总比修锁轻松也划算。"

或许是因为这屋子里不久前死了人，让这修锁老板觉得嗓子有些发干，他干笑了声，"我和秦丽算是朋友，平时关系也还不错，不好意思在修锁的时候宰她。"

从见到修锁老板开始，林凡的眼睛就没有离开过修锁老板的脸，"那她平时为人怎么样？"

修锁老板不明白林凡怎么突然从锁的事说到这个上面来。可是他又不得不回答，"呵，人不错，说话细声细气的，不像外面传的那样。"

林凡回身拉了拉门锁问："你看这门是不是像和你上次说的那样？"

修锁老板走过来，试了试门："应该是，和上次的情况差不多。你也知道，这锁是旧锁。"

林凡笑着问："像这样的锁好好的怎么会坏呢？"

虽然林凡笑了，可是修锁老板心里却更紧张了。他宁愿这个时候林凡像原来那样板着脸问他。修锁老板有点心虚地说："用久了的锁都这样。"

林凡问："可不可能被人撬过？把锁弄坏了？"

修锁老板不说话了，他看了看林凡，又看了看其他人。他真的不知道该怎么回答。这里有人死了，那人是秦丽而且和他很熟。虽然外面说她是自杀死的，可是他不相信，再加上外面的一些传闻，他不由得有些怕了。

林凡笑了笑说："不要怕，就算你会撬，我们也不会说什么，你只要说有没有可能。"

修锁老板赶紧说："有可能，上次我就和秦丽说来着，可能是被人撬了，劝她换锁，可是她不听，说没关系。"

这话一出，林凡脸上的笑容立刻就消失了，"可刚才你不是说用久了锁都会坏吗？"

修锁老板一听，汗都下来了，"我，我……"

林凡没再说什么，他拍了拍修锁老板的肩膀，从他的箱子里拿出一样东西，走出门外，把门"砰"的一声关上。可还没过几秒钟，门又开了，林凡拿着那把工具又出现在大家面前。

修锁老板看得眼睛都直了。

林凡把工具扔进箱子里说："锁有没有可能是这样被弄坏的?"

修锁老板呆呆地点了点头，一头的汗。

林凡说："你先回去吧，谢谢你的协助。"

修锁老板想走，可是哪里敢动。他回头看看任飞他们，任飞对他点点头，示意让他走，修锁老板才提着箱子下了楼。

任飞笑着说："看不出来，你还是个惯偷啊!"说着大家都笑了。

从楼上下来，任飞说："看来凶手很可能是撬锁进来的。"

林凡点了点头。

任飞问："那其他受害者的情况会不会也是这样?"

林凡皱了皱眉说："史芳婷住的房间不可能被撬锁。"

任飞说："为什么?"

林凡说："因为她家的锁比这里的锁要先进得多，也要结实得多。你不要忘了凶手进入史芳婷家是什么时候。凶手进入史芳婷家的时间不算太晚，面对一个难撬的锁和随时被人撞见的危险，凶手不可能会选择这种做法，你不要忘记凶手是一个多么心思缜密的人!"

任飞觉得自己刚才问了一个很蠢的问题。其实他不知道，有了林凡，他已经有些习惯问问题了，因为这样能很快得到答案。

从秦丽家出来，他们又前往第二个案发现场。

等到了第二位受害人李文娟住的地方，已经是晚上六点多了。李文娟住的地方比秦丽住的小区差多了。虽然路上能看到治安员，但像这种城中村所住的人员更是复杂。

来到李文娟住的楼下，他们仔细观察了一下，这里的房子挨得都很近，也就是两三米的楼间距离。来到五楼，警员朱义正在等着他们。

楼道里同一层就有四套房间，李文娟住的房子只有一室一厅。朱义

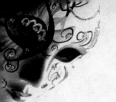

告诉他们，李文娟的母亲来过，把李文娟和她儿子的一些东西拿走了，李文娟的儿子现在住在他外婆家里。

朱义向林凡简单地说了一下情况。在李文娟受害前后，这个楼道里有不少人上下楼，可是却没有人注意到有什么可疑的人，或者是可疑的事。他对这整幢房子的住户也都调查过，没有发现可疑的人。这幢房子周围的一些出租屋也都被仔细调查过，没有发现什么可疑的情况。似乎这个凶手是透明的，没有人看到他来，也没有人看到他离开。

林凡说："这个凶手总不可能会飞吧。"

林凡在房间里走了一圈，他并没有往窗户那里去看，只是看了看门锁，看完他和任飞上了顶楼。

出了李文娟的房间上一层楼梯左转就是一扇铁门，铁门外就是天台。天台上有一个大的水箱，旁边还有一个小房子，里面堆放着杂物，林凡走进小房子里察看了一会儿后，他又在天台上转悠，似乎这里比案发现场还要有看头。

林凡在水箱边停了下来，他看了看四周，突然蹲了下来，向任飞他们招了招手。

任飞忙走过来，发现林凡正蹲在一根水管面前仔细察看着。

林凡指着水管说："你们看，这里有情况。"

水管是从水箱通到楼下的，日晒雨淋，水管已经锈迹斑斑，可是有一块地方却显得很干净。林凡皱了皱眉，走进旁边的小房子里，过了一会儿，手里拿着一条毛巾出来，毛巾上面全是橘黄色的铁锈，看样子，是有人用毛巾把水管上的铁锈擦干净，方便坐下来。

林凡说："你们看，要是我晚上坐在这里，有没有人会发现我呢？"

任飞站起来，向四周看了看。发现周围是有一些比这幢楼还高的房子，但晚上要是坐在这里，有水箱和这小房子挡住，根本看不到这里会有人。

任飞说："你是说，凶手有可能是躲在这里，等被害人回家后，再下楼杀人的？就算是这样，他总要上楼呀，不可能飞上来吧。"

林凡说："我也在想这个问题。"

从李文娟楼上下来，林凡他们开车回警局。其实林凡这次来看现场，只是想多一些对凶手的了解。他知道现在最重要的是要找出那块石头的暗示含义。

林凡问任飞："你说李文娟那天为什么突然要把儿子送到她母亲那里去呢？"

10. 神秘玉观音

时间过得很快，一转眼就到了四月十三日。

这块奇怪的石头成了全警察局的心病，大家吃饭想着，睡觉想着，可这块石头到底暗示着什么，却没有人想得出来。

四月十三日是一个让人难熬的日子，因为今天很可能是凶手再次作案的日子。任飞手机每一次铃声的响起都会让他心惊胆战，每一次办公室里的电话铃声响起，都是一种煎熬。但无论怎么样，时间不会理会这一切，它以它的方式不可改变地进行着。

按林凡的想法，这块石头一定暗示着下一个案发地点或人物，可是这又会是谁，又会在哪里？

也就是在这个时候，省局派了个特别调查组来协助侦破这个案子。领队的人名叫张诚，中等个头，五十多岁，那张脸似乎和任飞有着同样的神情，一看就知道他是一个严谨的人。任飞原来也听说过他，在省里破过很多大案要案，干警察这行已经有三十多年。不要看他粗粗壮壮的样子，他竟然是一位博士，还到国外进修过犯罪心理学、犯罪刑侦学等课程，算得上是省局的一个传奇人物。

看得出来，张诚并没有把任飞放在眼里，当任飞向张诚介绍林凡的时候，张诚的表情很有些意思，皮笑肉不笑的像是在打量一个犯罪嫌疑人。不过张诚知道林凡是刘局长同意加入的"编外人员"，多少也要给刘局长点面子，所以说话的时候还算客气。

四月十三日下午四点多钟的时候，警察局的人打电话告诉任飞，说发现了新的情况，要任飞立即赶往史芳婷所住的大厦。

来到大厦大堂，警察局的郑仁正在等着他们。郑仁正告诉他们，经过仔细的排查发现九楼有一个住户很可疑。

九楼的住客是三个月前搬到这里的，房东已经出国，现在正在想办法联系。从保安那里得知，保安对这个租客没有什么印象。在监控录像中看到这名租客是一名中年男子，这名男子很少回这里住，而且出入的时候都戴着帽子，看不到脸部。从录像中该男子走路的姿势和打扮来看，该名男子很像前两次监控录像中出现的嫌疑人的外形体态。

任飞他们立即来到大厦监控室，把相关的录像调出来看，的确如郑仁正所说，这个租客与嫌疑人的体态特征非常相似。

按郑仁正向任飞汇报的情况，任飞想了想觉得这个线索可能是破案的一大关键，马上给刘局长打了个电话。刘局长在电话里做了指示后，任飞问郑仁正："查没查到那人的联系方式？"

郑仁正说："查到了，不过是无效号码。"

任飞说："那你们守在这里一步也不要离开，密切注意九楼那间房间的动向，一有情况立刻向我报告。"

布置完工作，任飞和林凡上到九楼。郑仁正所说的那间906号房，大门和消防通道非常接近，大门紧闭着，任飞看了看林凡，指了指大门，他的意思好像是让林凡把门弄开。林凡苦笑着说："你还真把我当神偷了，这种门哪有那么容易打开？"

任飞咬咬牙说："我现在还真想进去看看。"

林凡打趣道："那你可以把门砸开！"

任飞问："那样做会不会打草惊蛇，如果凶手已经回来了怎么办？"

林凡说："你觉得他还会回来这里吗？"

任飞点了点头，"那倒是，你觉得我们还有必要进这个房间吗？"

林凡说："最好是进去看看，说不定他会留下什么线索。"

任飞马上掏出手机又给刘局长打了个电话，打完电话任飞一脸的不高兴。

林凡见了问："怎么，又被骂了？"

任飞说："不是!"

林凡说："那干吗一脸苦瓜样？"

任飞说："刘头同意签搜查令。"

林凡说："那不是好事吗？怎么，你又不想进去了？"

任飞一脸无奈地说："不是，张诚说也要过来。"

林凡一听明白了，任飞气的原来是这个。

林凡和任飞在保安室等了一会儿，局里的人就来了，还带来了搜查令。

保安带着他们一行人来到了九楼，要进去只有砸门了。

张诚叫了一个他那组的人，那人把手里的工具包打开，拿出一些奇怪的工具，没几下两道门就被弄开了。任飞看了看林凡，意思好像是你手艺不精啊。林凡并没有理睬任飞，跟着张诚走了进去。

这是一套三室二厅的居室，家具一应俱全，房间十分的整洁。不过经过搜查后发现，柜子里没有衣服，只有一些乱七八糟的杂物，不知道住在这里的人是怎么生活的。有谁会在这里住三个月，却什么东西也没有留下呢？

大家在房间里忙着各自的事情，林凡却站在那里没有动。因为他知道，他现在只能协助，不能像原来那样主动了。这并不是说他面对张诚这个特别调查组胆怯了，而是怕影响任飞的工作。

不一会儿，大家在卧室里发现了一个保险箱。张诚蹲在保险箱前沉思着，任飞问一旁的林凡："你看这个保险箱会不会有什么问题？"

林凡面无表情地说："只有打开了才知道。"

这时，只听张诚那组的人说："张头，这个保险箱打不开，但根据嫌疑人是三个月前搬进来的这个信息，可以查一下近三个月市里保险箱买主的资料，说不定会有发现。"

张诚回过头，看着林凡和任飞："你们觉得呢？"

林凡说："没有必要。"

张诚疑惑地看着林凡说："怎么会没有必要？他说的有一定道理。"

林凡说："这个保险箱应该是房东买的，由于出国没法带走，所以就留给现在的租客使用了。"

张诚质疑说："就凭这个你就能确定这不是嫌疑人买的？"

林凡笑笑说："以嫌疑犯的智商，他用不着买这个来用。"

整个屋子里，只有这个保险箱没查过了。

林凡看着他们清查的过程，偷偷笑了。他突然觉得偷懒是一件很好的事情，看着别人做事，却让自己有了更多的思考时间。

任飞在房间里走来走去地忙活，似乎林凡更变得无事可干了。可任飞看到林凡站在那里无所事事的样子，心里便有些气了，"怎么，你就这样看着？"

林凡说："这样不是更好吗？不打扰你工作。"

任飞听了哭笑不得，"你觉得这个租客会不会是那个嫌疑人？"

林凡说："有可能。"

任飞问："那保险箱按你说会不会有问题？"

林凡说："有没有问题先不管，重要的是先要知道密码，打开了才知道里面的秘密！"

任飞说："到底会是什么密码呢？"

林凡说："我可能知道。"

任飞看着林凡的样子，一下就明白了。只见任飞转身走到张诚那边，张诚还在试着开保险箱。任飞说："前辈，让我来试试吧？"说着任飞蹲下来，在键盘上按下了"1112"四个数字，再按了"确认"。只听"咔嗒"一声，保险箱的门真的打开了。

只见黑黢黢的保险箱里放着一尊碧绿通透的玉观音。这尊观音像隐隐中发出某种神秘的气息。除了观音像，在箱子里没有发现其他东西。

不知为什么，这玉观音似乎隐藏着一种神秘的力量，让在场的人目不转睛地看着它……却没有人上前去把玉观音像拿出来。

任飞看了看身边的林凡，"这又是什么把戏？"

林凡没有说话，他看着玉观音，总觉得观音在看着他，看得他心里发毛。虽然林凡自问没做过亏心事，可是就是有这样的感觉。

11. 玉观音和石头

玉观音被拿回了警局，任飞找了一个古玩行家王得宝作鉴定。王得宝仔细看了一会儿，笑着说："这只是一个仿玉的观音，到处都有得卖。"说着他把玉观音倒过来，"你们看，这里还印有厂家的名字呢。"任飞拿过来看了看，果然在观音底座下发现有厂家的名称。

任飞说："像这样的玉观音在哪能买得到？"

王得宝说："这东西很多古玩店里面都有得卖。"

这样一个到处都有得卖的仿玉的观音像却放在了保险箱里，真是让人匪夷所思。

桌子上放着几十张照片和各种资料，还有从保险箱里找出来的玉观音以及那块从储物柜子里找到的石头。刘局长、林凡、张诚和任飞四个人围坐在一起研究下一步的计划。

张诚说："按现在掌握的资料，我对凶手作了大致勾画——男性，身高一米七五，体格健壮，有一定的经济条件，很可能是单身，性格孤僻，很可能无固定职业。爱干净甚至有洁癖，存在很大的心理问题，可能有或曾经有过精神病史。"

任飞说："我还要补充一下，凶手还有可能做过技术员，或干过与锁有关的行业。凶手应该是本地居民，对这个城市的情况十分了解。"

张诚点头表示同意。

一桌子的照片，就好像是一桌子的问题，虽然数字的谜已经解开了，可是这个解开的谜已经和这个案子的关系不大了。因为凶手已经不再用数字来作暗示了。在不能确定凶手、不能确定下一位受害人的情况下，早一步破解凶手所留下的提示好像是唯一可行的路了，可这条路走得通吗？

任飞说："我们现在已经知道数字所代表的含义，可是图案代表了什么，我们还不知道。派出去调查此情况的人，也没有得到更多的信息，只知道受害人背部的图案属于人体彩绘。"

张诚接着说："这个案子，关键点就是在这些受害者背部的彩绘上。那些数字只是凶手设计的连环杀人案的提示，只是做给我们看的。而这些图案应该就是凶手选择这些受害者的原因，这才是本案的根本点。我们只有找出凶手想透过这些图案中所要表达的意思，才能够掌握凶手的思路和动向。"

这些情况大家都知道，可是这些图案究竟代表的是什么呢？时间已经非常紧迫，现在已经是十三日晚上，如果十三日真有命案发生的话，那也许就是现在了。

林凡说："依我看，图案的事是很重要，可是现在更重要的是解开石头和玉观音之谜。因为现在就算我们知道了这些图案的含义，也没有用。我们也无法知道凶手会对哪一个人下手。"

张诚点了点头，说，"那你有什么看法？"

林凡说："凶手为什么要直接把超市储物柜的钥匙先交给我们，而不是直接把玉观音交给我们呢？"

张诚明白林凡这话的意思，因为这玉观音很可能不被发现，或是在下一次案发后才被发现。

任飞说："还有这块石头指的是什么呢？是指姓石？还是指地点？这玉观音又指的是什么，是指受害者是一个信佛的人吗？还是说凶手本人就是信佛的人呢？"

大家都陷入了沉思。

四月十四日，似乎一切都平静了。大家都在等待，等待一个消息。如果说四月十三日是令人煎熬的日子的话，那今天大家似乎都有一种认命的心态了。因为按时间上来分析，昨晚就是凶手动手作案的时间。如果真是这样，警方已经没有什么可以再做的了，能做的无非是接到报案，再开始新一轮的调查。

其实林凡一个晚上都没睡，天刚亮，他就跑到警察局的楼顶上，看着太阳从地平线慢慢升起。由于一晚没睡，又抽了一晚的烟，他觉得头有些昏，舌头也有些发麻。

看着天空的霞光，林凡的心里却温暖不起来。他觉得愧疚，这种愧疚不是觉得对不起任飞。当面对一个生命的消失，却感到无能为力的时候，这种愧疚感才是那么的真实。

如果说凶手在暗示，那他到底在暗示什么呢？林凡坚信凶手是不可能用一些虚假的暗示来糊弄警方，因为这个凶手不是一个疯子。这个凶手所做的一切除了杀人以外，那些数字、钥匙、石头等和案件的联系都绝对需要一个正常、冷静的头脑才会设计并完成的。

如果我是凶手，我会怎样设计这个过程呢？林凡心里这样想着，会真如任飞所说的，石头是代表下一个受害人的姓氏吗？但玉观音呢？如果石头指的是姓氏，那玉观音会不会指的是地点呢？玉观音暗示的是工厂？商店？还是庙宇呢？

林凡越想越乱，这个时候突然听到他的身后有人对他喊：“林凡，快下来！出事了！”

12. 粉红色的花朵

林凡回头一看原来是章南，林凡忙问：“出什么事了？”

“有人报案，按情况看，应该是那个凶手又作案了！”

林凡急着问：“凶杀案发生在哪？”

“清云庵！”

这三个字就如晴天霹雳一样打得林凡有些发愣。原来下一个受害人是在尼姑庵里！清云庵林凡是知道的。这座尼姑庵在东南方向的清云山上。庵里只有十几个尼姑，那是一个美丽得让人心醉的地方，林凡去过清云山，在那里他看过灵塔和灵石……

林凡现在终于知道那块石头和玉观音所暗示的真正含义了。

清云庵的后山有一座灵塔，灵塔边杂乱地放着很多石头，庙里的尼姑叫这些石头为"灵石"。据庵里的尼姑说，这些石头因为长年和灵塔为伴也都有了灵气，会给人带来吉祥和平安。有了这样的说法，善男信女们自然会向庵里求一块灵石，要庵里的尼姑开了光带回去，以求带来好运。当然这些石头被求走是要给香火钱的。这些是林凡上次到清云庵的时候听说的，不过林凡没有带走一块灵石，因为他觉得如果这些石头真有灵气，它更应该陪伴着灵塔，而不应该用钱买走。林凡问过庵里的尼姑，既然这些石头能卖钱，那不是早被人偷光了。庵里的尼姑告诉他，没有人来偷，因为这些石头在有心人眼里是灵石，而在其他人眼里却只是普通的石头。那些有心人不可能会偷这些石头，那样灵石不会给他带来吉祥与平安。

而这庵里供奉的恰恰就是观音菩萨。

林凡终于知道，为什么凶手那么急着亲自把钥匙送给他们，而不是把玉观音像一起给他们了。

警车发出刺耳的警报声一路飞驰着。任飞他们坐在车里都不说话。陈小东开着车通过后视镜，时不时地看着任飞的脸色。任飞现在的神情就好像随时要掏出枪和人拼命似的。

此刻的清云庵像平常一样安静和祥和，如果不是因为警察的到来，来到这里的善男信女们还会以为，这里什么事也没有发生。庵里的尼姑都在大殿里念着经。林凡站在院子里，正对着大殿里的观音像，双手合十，深深地鞠了一躬。上一次他来也是这样做的，这一次他依然这样做，他真希望这里什么也没有改变，什么事情也没有发生。

清云庵并不大，只有两套院落。前面是正殿和接待香客和游人的地方。后面是尼姑们生活和修行的地方。一位年长的尼姑领着他们往后院走，她是庵里的住持——觉静。

一行人来到后院靠西面的厢房，林凡刚一进屋就闻到一股浓浓的血腥味。

这间屋子靠南墙并排摆着四张床，靠窗的一张床上趴着一个尼姑，其他三张床上的被子都很零乱。

趴在床上的尼姑穿着僧衣，她的双手像前三件案子里的受害者一样被交叉压在胸下，她胸下的床单上可以看到一大片的血渍，由于血流得太多，血从床上渗下来，滴到了地上……

一朵粉红色的花放在死者旁边，上面还沾着死者的鲜血……

死者法号了缘。很显然死者和前三位受害者一样，是被凶手割断动脉失血过多而死的。唯一不同的是，这一次受害者穿着衣服，而前面的三位受害者是赤裸的。

林凡走到窗前，窗外是一片绿色，从这里看向山间的风景，显得格外的美。山里清新的空气扑面而来，让林凡不禁想起，他第一次来这里的时候，是一个秋天，现在想来那金黄色的景色一样美丽……

第一个发现死者的是觉静住持。每天觉静都是第一个起床的，她会把喜欢睡懒觉的弟子们一个个拉起来，叫她们去做早课。可当觉静今天像往常一样推开这个屋子的门的时候，她却看到了连做梦都不可能会想到的情景，会看到她死也不愿意看到的情景……除了缘外其他的尼姑却都还在睡着。

据和了缘同房间的尼姑们说，她们昨天入睡前没发现了缘有什么异样，没想到昨天晚上会发生这样的事。三个人起来的时候都觉得头昏脑涨，全身没有力气。林凡知道这一定是凶手为了方便作案，把屋子里的人都迷倒了，然后入室行凶的。

林凡这一次没有像原来那样仔细地察看案发现场。他离开这间屋子往后山的灵塔走去，因为那屋子里的血腥味让他实在受不了。

屋子里的警察正忙着各自的工作，法医把了缘的尸体翻转过来，任飞看到了了缘清秀的面容，这是一张年轻而又美丽的脸，像这样美丽的女子怎么会来当了尼姑呢？人世间的事就是这样，每个人都有着自己的故事，自己的快乐与哀愁，这样一位不问世事的人却被人残忍地杀害了。

林凡在山间的路上走着，不时地听到清脆的鸟鸣声。看着这眼前的

景色，林凡的心中有种说出不来的压抑，压得他有点喘不过气来，这样的美景之下，本不该发生这样的事，本不该有这样的血案。

不一会儿，他就来到了后山的灵塔边上，那是一座破旧的山塔，看上去并没有什么特别，可就是在这山色的辉映之下，使原不起眼的小塔显得那么的有灵气。林凡记得上一次他来这里的时候，坐在这里久久都不愿离开。因为那时候他觉得坐在这里很自在，自在得就像山林里的这些鸟儿一样。

有时候人和自然之间是微妙的，林凡上次来到这里，看到这里的风景，看到这里的灵塔，突然觉得人生那么多的追求，未必有那么重要。那一份自在，那一份快乐，让人觉活在世上足矣，也许在这里会发现自己内心藏着的某些东西，某些平时忘却了的。同样的地方，同样的景色，这次却让林凡有了不同的心情。灵塔还是灵塔，林凡还是林凡，可故事不同了，一切似乎都已经改变。林凡深深地向灵塔鞠躬，心里默默地祈祷，祈祷那年轻纯净的灵魂能到达天堂。如果真的有另外一个世界，他希望在那里她能快乐，能忘记这世间的一切。

灵塔的四周堆放着许多大大小小的石头，林凡随手拿起了一块，他想起凶手留下的那块石头，现在看来它们是如此的相似。想到凶手留下的灵石，林凡的心里有种说不出的恨，这眼前的灵石，是给人们带来好运与祝福的，林凡不能理解凶手为什么会选择这里，选择用灵石来暗示。

人的思想有时候是神圣的，可有时候也是低下的，它能带着一个人走向神圣，走向成功，也能带着一个人走向堕落，走向灭亡。

林凡站了起来，突然看见灵塔边上有一朵粉红色的花，在山风的轻拂下轻轻地摆动着。在山石之间，这朵粉红的花显得那么的出众和美丽，它把这里衬托得有了生机。灵塔的山石间长着一些不知名的小野花，它们在这里相互呼应着，就好像它们在风中说着话，述说着这里发生的每一个故事……

看着那粉红色的花朵，林凡觉得有些好奇，因为这一朵粉红色的花在这山石之间显得特别的醒目，它不同于旁边的那些小野花，醒目得让林凡觉得太过于美丽，又有些不自然。

林凡走过去，轻轻地拨了拨这粉红的花朵，可出乎意料的这花朵竟然倒下了。原来这花并不是长在这里的，而是有人将它插在了石头的缝隙之间。可这又会是谁留下的呢？会不会某个过客也被这风景感动，而将它插在了这里呢？

林凡将它拿起来，觉得这花朵有些眼熟。他猛然想起刚才在了缘的房间里，也有这样的花朵，粉红色的花朵！只是这一朵上面没有鲜血。林凡赶紧抬起头，看了看四周。但在这寂静的山林间，似乎只有他一个人。

林凡轻轻地把花放下，又发现在插花的石头下，有东西被压着。林凡把石头搬开，原来石头的下面压着一张纸。

这张纸和寄到警察局的纸是一样的，林凡把纸展开，纸上面写着血红的一首诗：

> 青云之间寻故回，
>
> 山中一见定相对，
>
> 再催香魂非为恶，
>
> 见梦灵石诚为最。

血红的字体深深映入林凡的眼帘。林凡抬头看着灵塔，想起觉静住持对他说的话，这些灵石能带来吉祥与平安，只要有心人心诚……

第三章　花香袭人伤我心

　　像了缘的案发现场一样，凶手并没有把现场整理干净。他任由邓招弟的血流着，直到流干她的最后一滴血……

　　美丽的花市，僵硬的尸体。美丽和死亡离得是这么近。

13. 走火入魔

芙蓉花别名叫拒霜花。

最初的芙蓉花花蕾是白色的，很纯洁的白，像一月的雪花，渐渐绽放后，花瓣的颜色便会变成粉红色，像三月的桃花，花朵开得再大一点时，花瓣的颜色又会加深一些，像六月的玫瑰，待到完全盛开时，你会看到十月牡丹的繁华景象。

四月的芙蓉花是粉红色的，是美丽的。可现在却成了夺取人命的诡异花朵。

了缘被杀害后，凶手留给林凡他们两样东西：一样是芙蓉花，另一样是林凡在后山发现的用死者鲜血写下的诗。

如果说任飞在去清云庵的路上是愤怒的话，那现在他的心里除了愤怒，还有一种让他自己都说不清的悲伤。了缘死后的面容总在他的脑海里盘旋。他不知道这位年轻的尼姑的死为什么会给他带来这种冲击，也许是因为在那神圣的地方不应该出现这样的事，不应该溅满鲜血。

从庵里没有得到什么直接的线索，凶手又一次犯案，又一次像鬼魂一样消失了。

谁都没有想到，凶手会到这样一个不食人间烟火的地方去作案。张诚告诉林凡，他现在更认同林凡的观点，那就是一定要在凶手再次作案前，找出凶手留下的信息暗示的是什么。

的确，林凡原来的想法和现在张诚的想法是一致的。在案子一开始，林凡就推测到，凶手很可能就是用这些受害人身后的图案来暗示他的杀人动机，或是选择这些人的原因。由于在史芳婷受害后，时间太紧迫，只有尽快找到凶手所提供的暗示才能拯救下一位受害者，林凡只有一门心思地想把这些暗示破解掉。因为林凡也曾经认为自己能够找出这些暗示所代表的意思，在凶手再一次作案前抓住凶手，在林凡一步步地破解了凶手所制造的谜团的时候，这些小小的成果使得林凡有些过于自信了。

可是经过了清云庵的案子，他才发现自己的自以为是。从某种程度上来说，林凡觉得自己上了凶手的当。现在林凡明白只有找到凶手选择这些受害人的原因，才能真正破解这些暗示，否则永远是被动，永远在破解这些谜团中浪费宝贵的时间。

然而凶手选择这四位受害人的原因会是什么呢？这四位受害者，有的结了婚，有的有孩子；有的穷，有的富；有的学历高，有的学历低；有职业女性，让人想不到的是竟然也有出家人……然而这一切更加说明她们之间一定有着必然的联系。

四月十四日，一个特殊的日子……

四月十四日，一个让所有的人都心痛的日子……

芙蓉花是美丽的，可是它却暗示着将有下一个无辜的人在几天后被害，这美丽的芙蓉现在却成了催命花。

一朵花，一首诗。如果仅是看这两样东西，会以为这是一个美丽动人的故事，可是真相却是天差地别！

而凶手就是用这样美丽的东西，来完成他那可怕的计划。

虽然恨透了凶手的所作所为，可是工作还是要做。对于诗和花到底暗示了什么，还是要经过调查才知道。

从清云庵回来，张诚他们立即围绕着花和诗开始了工作，林凡看得出这次张诚再没有了上次那种嚣张的神情，他现在只想一心一意把凶手捉拿归案。晚上林凡和张诚聊天的时候，张诚的一句话让他很感动。他说："我有一个女儿，我发誓要抓住这个凶手，不仅仅是因为我是警察，更因为我是一名父亲。"说这话的时候，张诚眼睛里流露的神情，不再是一个警察，而是一个平常的父亲，一个希望悲剧不要再发生的老百姓。

林凡没有再留在警局，他带着资料回了家，他想一个人静静。走的时候，张诚拍着林凡的肩膀对他说："想到什么立刻打电话给我。"

林凡已经有一个星期没有回家了，没想到就这么短短几天时间却发生了这么多的事。到了家里，林凡突然觉得心里平静了，家是一个能让

第三章 花香袭人伤我心

人得到温暖的地方，是一个让心灵得到平静的地方。林凡现在需要的就是平静。

林凡把所有受害人的照片一张一张地贴在墙上。看着墙上的这些照片，林凡在纸上写道：

第一位受害者：秦丽。背部画着一座古楼，古楼里有一人悬梁自尽。

第二位受害者：李文娟。背部画的是一盆兰花，旁有一位古装妇人。

第三位受害者：史芳婷。背部画的是几片云和一条小河。

第四位受害者：了缘。背部画着一块美玉，落在泥垢之中。

凶手的暗示：芙蓉花，诗。

林凡又在纸上写下凶手留下的诗：

> 青云之间寻故回，
>
> 山中一见定相对，
>
> 再催香魂非为恶，
>
> 见梦灵石诚为最。

从诗里的意思看，前两句说的是被害人。在清云庵凶手看到了了缘，也就把了缘作为他行凶的对象。可是为什么说"寻故回"呢？难道清云庵对于凶手是一个有特别意义的地方吗？这里的"故"说的又是什么呢？按第三句诗的意思，凶手是说他杀人不是为了作恶，可让人想不透的却是最后一句，尤其是最后一句里的那个"诚"字！这"诚"字又是什么意思？

林凡知道凶手不可能会随意写这样一首诗，而且还要特意放在塔旁，这诗里一定有着某种特定的含义。

林凡在诗里的"青"字上圈了一下，为什么"清云山"的"清云"二字，要写成"青云"呢？

如果说在诗里藏了秘密，最可能有两种手法，一是藏头诗，二是每句诗代表一个字，再连起来就是这首诗所代表的含义。林凡想着马上把每句的第一个字画了一个圈——青山再见。难道凶手暗示的是这一次清云庵的案子吗？如果是这样为什么不在案发前给出呢，而是在案发后故意放在灵塔那里呢？又为什么说"再见"？难道下一个受害人也会出现在清云山吗？

林凡闭着眼，心里默默地念，青山再见，青山再见……灵石、玉观音……由于连续几天都没有睡好，林凡想着这件案子的片断，慢慢地睡着了。

在梦里，林凡又看到了那些尸体，那些死者的面孔……突然他听到了一个男人的冷笑……林凡一下就被惊醒了。他一睁眼便看到了墙上的那些照片。林凡无奈地从沙发上站起来，从冰箱里拿了瓶水，一口气灌下去大半瓶。当他一转身又看到了墙上的照片时，他疯狂地扔掉了手里的水瓶，冲到墙边，把墙上的照片抓下来狠狠地扔到了地上，然后他无力地靠着墙坐在地板上。

当问题太多又无法解释的时候，不要一心想把每个问题的答案都找出来，只要找到这些问题指向哪就行了。这个案子还有很多问题，而所有的问题所指的方向就是凶手选择这些受害人的原因。只要找到凶手选择这些受害者的模式，那么这些问题都应该会变得清晰起来。

林凡闭上眼睛，自言自语道："我进到房间里，把她麻醉，然后慢慢地解开她的衣服……我轻轻地把她抱到一边的房间里……随后我在她背上画画，我一点也不紧张，一点也不害怕。我只觉得这是我应该做的事，我是在帮她们。我帮她梳头，甚至我轻轻地和她说话……告诉她，在那边那个世界里，有多么的好……随后我把她抱回房间里，把她放好。我看着她，觉得很满意，真的，我是为你好……"说着林凡流下泪来……

突然林凡又跳起来，在房间里来回地走着说："可我为什么要放她的血，为什么要我在她背上画画，为什么我要帮她梳头，为什么我要把一切都打扫干净，为什么?! 如果要杀人，就杀好了，为什么要这样做?! 我做这些都是为了完成我的计划，可为什么我要给警方那些信息，我是不怕被抓住，可万一他们抓住了我，我怎么完成我的计划？为什么?! 我，我，我为什么要杀那些人?!"说着林凡抓着自己的头发，他感到了痛……原来想了解凶手的想法是这么的痛苦。

人世间有一种痛苦，就是想帮别人却帮不了，看到有人会受伤害却无能为力。

发作了一阵以后，林凡疲惫地坐了下来，地上散落着几张照片，林凡随手拿起一张，那是了缘的照片，照片里的了缘就好像睡着了一样。林凡的脑子里在努力地回忆着，他第一次到清云庵的时候，是不是见过她？可是他想不起来，虽然林凡和了缘没有任何关系，可是林凡想从原来的某个记忆里，想起这个面孔。人虽去了，但一定会有人想念的，不是吗？因为这曾经是一个活生生的人，她还年轻，而且没做过什么错事，不是吗？

一块美玉，落在泥垢之中，这是了缘背上画的图画。了缘如果是那块美玉，那这泥垢呢？指的会是清云庵吗？还是整个图画说的是一个故事呢？

正当林凡开始神游的时候，"开门！开门！我知道你在家！"门外传来刘斌的大叫。刘斌的叫声，把林凡从迷惑中惊醒了过来。

14. 画中谜

刘斌是来看林凡的，顺道还帮林凡买了他最爱吃的凉菜。刘斌刚才打电话给任飞，知道林凡今天晚上回了家。由于刘斌最近比较清闲，再经过那天晚上的事，他很想从林凡那里打听到一些消息。这事他不可能去问任飞，因为他知道任飞不可能会告诉他。

屋子里乱七八糟的，刘斌进来都不知道往哪里迈脚。地上散乱地铺着一些照片还有一些资料。刘斌随手捡起几张照片，一看到照片他的心就咯噔了一下，这几张照片是在了缘案发现场拍摄的，其中一张照片上就是了缘背部的彩绘。

看完这几张照片，刘斌看了看林凡，发现林凡的脸色有些苍白。刘斌把照片轻轻地放到桌子上，他没有问林凡这张照片里的人是谁，还有到底发生了什么事。

"哎，这年头的人都怎么了，有好好的日子不过，偏偏要跟自己和别人过不去。"刘斌说着把带来的东西放到了桌子上，"林凡，看我拿了什么来，知道你最近吃得不好，特意给你买的，兄弟我够意思吧！"

林凡走到桌边并没有动刘斌给他带的凉菜，而是拿了烟扔了一根给刘斌。

刘斌坐到沙发上，看着林凡说："你小子没事吧？看样子你的脸色不太好呀。"

林凡苦笑着说："没事，只是有些累了。"

刘斌说："这可不像你，你是越有难事越精神，这次是怎么了？"

林凡叹了口气说："我没你说得那么有本事，我也是人，也会累，也有不行的时候。"

刘斌站起来，走到林凡的身边，拍了拍林凡的肩膀说："会没事的，你办事我放心。如果你不行，我还真想不到还有谁能搞定！"

"看来你来这不光是为了给我送东西的，还是来打气的。"

刘斌说："这件事我可帮不上忙，有些事得自己来。"刘斌说这话的时候，表情很严肃。

在任飞和刘斌两个人中，刘斌要比任飞更了解林凡。可能是因为刘斌和林凡的个性中有着某些相近的地方。刘斌一直认为，林凡不是那种需要靠别人的鼓励来战胜困难的人，可刘斌却不知道林凡虽然在某些时候显得那么坚毅，但林凡也需要鼓励，也需要朋友和帮助，哪怕只是一句很平常的话，因为林凡也是人，一个平平常常的人。只是在林凡感到脆弱的时候，他不想让别人看到，包括任飞和刘斌。

刘斌接着说："虽然我不知道到底发生了什么事，但我知道能让你这样的，一定不是小事。不过我告诉你，既然你答应了帮任飞的忙，那你就得干好它。"

林凡点了点头。

刘斌说："你还记得以前你对我说过的一句话吗?"

"什么话?"

"你说你干私家侦探这一行，不是想挣多少钱，只是想帮助那些需要帮助的人。这话我不会忘，我相信你也不会忘的。"

那是很久以前林凡对刘斌说过的话。林凡是孤儿，也就是因为这个，他能深深地体会到一个孤单的人，一个需要帮助的人，多么渴望能得到一份外来的温暖和帮助，他没想到刘斌现在会提起这个。

"没想到你还记得。"说着，林凡拿起桌上的照片，看着照片里受害人背后的图画。

刘斌说："如果你要是没了信心，这里的照片就会又多一张。"说着刘斌指了指地板上散落的那些照片，"我宁愿看到你的痞子样，也不想看到你现在这个没出息的样子。我这次来，是想来打听那天晚上的事，现在看来，估计你小子不会说。"

听着刘斌的话，林凡看着墙上的照片，眼睛里开始有了光彩。

林凡说："你怎么知道我不会说?"

刘斌看着林凡，觉得有些不可思议，"怎么，你真会告诉我?"

林凡说："不会。"

刘斌说："那你小子是欠揍!"说着刘斌坐到沙发上，抽起了烟。

林凡拿起一片黄瓜，"刘斌，我想问你一个问题。"

"什么问题?"

"你说'青山再见'这四个字是什么意思?"

刘斌一听，知道林凡的老毛病又犯了。林凡往往在遇到很难解决的问题的时候，会去问别人一些问题，从中得到思路或提醒。

刘斌说："那还不简单，要么青山指的是人，要么青山指的是地方。"

林凡听了想了想说："如果指的是地方，你会想到什么地方?"

刘斌说："应该是指山吧。"

林凡说："可是什么山都可以叫青山呀。"

刘斌说："那就应该不是山，你看，青山再见就是说约别人在另一个地方见面，那不可能是让别人找不到的地方。"

林凡说："那就不可能是再见或是告别的意思?"

刘斌说："那青山指的可能就只能是人了。"

林凡想了想说："那青山会指什么样的人呢?"

刘斌说："可能是名字吧，要不就是字青山的，你想古时候都是用字来称呼的，不是有什么号什么的嘛。"

林凡听了，没再说话。过了一会儿，林凡说："一说到青山你第一感觉能想到什么样的地方?"

"青山路!"

林凡一听，眼睛里立即有了光彩，"你怎么会突然想到那里去?"

刘斌说："那还不简单，那是咱们市很有名的地方，有几十家花店，还有一个花卉世界，最近那里不是要开花市吗，这个你不会不知道吧?!"

林凡听了嘴里喃喃地念叨着，"是啊，青山路，那里有花店。"

刘斌看着林凡问，"怎么了? 是不是有人约你看花市什么的?"

林凡没有理刘斌，而是坐到电脑前，在网上搜索了一下"花卉世界"这四个字。林凡找到了这次举办花市的网页，这次花市的举办时间是从四月十七日开始，四月十七日，一个平常而又特殊的日子。

林凡口里慢慢地念叨着："青山再见，芙蓉花，四月十七日，花市……"

林凡又在网上搜索了一下"芙蓉花"这三个字，他点开一个网页，上面写着关于芙蓉花的介绍。刘斌也疑惑地走过来看到底林凡在搞什么鬼。

林凡看着关于芙蓉花的介绍，关于芙蓉花介绍的正文下面是一些网友关于芙蓉花的评论。林凡想看看从这里是不是能理清一些思路。看着看着，他的眼前突然一亮。

林凡在网页上看到这样一句话："好像《红楼梦》里的晴雯死后成了芙蓉花神，是不是啊！？"

《红楼梦》？芙蓉花神？尼姑庵……林凡呆呆地坐在那里想着。林凡看着墙壁上的照片，突然跳了起来，"刘斌，赶紧走！"

"去哪？"刘斌被林凡给弄懵了。

"书店！"

两个人急匆匆地下了楼，开车直往附近的书店驶去。车上，刘斌时不时地看看林凡，想说些什么，可看林凡的样子，他又不知道怎么开口。

终于，刘斌说："你能不能把车开慢点？红灯！红灯！"

林凡忙刹了车，刘斌被惊得出了一身汗。

林凡说："我可能是有些急了。"

刘斌认识林凡这么久以来，一直都不知道林凡还有多少本事。他每次都好像能让人感到吃惊，可是在刘斌心里让他最服林凡的是那份沉着，特别是遇到困难和危险的时候。而这一次林凡怎么会因为要去书店，而变成这个样子。

刘斌说："你放心，书店跑不了，就算这家没有，下一家也还是一定找得到的。"

林凡傻笑着说："是啊，跑不了，总会找到的。"

车再启动的时候，林凡的车速就不再那么快了。到了书店林凡直接就下车问书店的业务员哪里有《红楼梦》这本书。像这种名著是很容易找到的，不一会儿的工夫，业务员就把他们带到了放书的地方。

林凡翻开《红楼梦》就开始找，因为网上的一句话，让他突然惊醒了。他想起书里的一些内容和这个案件有出奇的相似，因为这书他是很久以前看的，所以现在有些细节不怎么记得，他需要再来看看确定自己的判断是否正确。

他翻到了太虚幻境对联：

假作真时真亦假，

无为有处有还无。

看着这句话，林凡不自主地抖了一下。这都会是真的吗？

林凡直接翻到书的第五回：游幻境指迷十二钗，饮仙醪曲演红楼梦。

林凡站在那里就这么静静地看着，也完全不管刘斌在干吗。刘斌看到林凡这个样子，他索性也拿了一本书看了起来，可他觉得好像也没什么特别的。这本书他也看过，他不知道林凡为什么突然对这本书这样上心，这样有劲。

也不知道过了多久，林凡终于把书合上，叹了口气。他嘴里默默地念道："满纸荒唐言，一把辛酸泪！ 都云作者痴，谁解其中味？"

念完了，林凡转身就走。刘斌忙叫道："你又要去哪？"

"去警察局！"

15. 一切的一切

林凡带着这本书冲出了书店，急匆匆地往警察局赶。只留下刘斌一个人拿着书在书店里发呆。

"我看这小子疯了，的确是疯了！"刘斌看着林凡的背影嘴里念叨着。刘斌打开手里的《红楼梦》，他看到了这样的诗句：

假作真时真亦假，

无为有处有还无。

刘斌边看着口里边念道，他转过头看着林凡冲出去的方向，"这到底是怎么了，什么事会让这小子变成这个样子……"

林凡冲进警察局，任飞正在办公室里忙着。林凡一手把任飞抓起来，"走，有事找你！"

任飞没想到林凡这么快就又回来了，他被林凡抓得肩膀生痛。任飞摸着肩膀说："怎么了，你小子怎么就回来了？发生什么事了？"

林凡不再说话，拉着任飞就往刘局长的办公室走。这个时候张诚正在刘局长的办公室和刘局长谈着案子的情况。林凡一进门就对刘局长说："我今天发现一个很重要的线索！"

听了这话，刘局长他们都不敢相信。就在林凡回家这短短的几个小时里，他就发现了重要线索？

林凡把书轻轻地放在桌子上，对刘局长他们说："线索就在这里！"

刘局长、张诚和任飞都凑了过来，只见桌上是一本红色封面的书，封面上写着三个大字——红楼梦。三个人互相看了看，眼睛里全是疑惑，他们不明白这本众所周知的《红楼梦》和林凡口里所说的"重要线索"有什么联系。

张诚看了看林凡，迟疑地说："你的意思是说，这书里有重要线索？"

林凡自信地点了点头。

任飞忙问："这书你是从哪弄来的？难道是……"

林凡说："在书店买的。"

任飞一听就有些泄气。张诚听出了任飞话里的意思，任飞以为这书是凶手通过什么方式交给林凡的，可没想到这本书是林凡从书店买来的。但张诚知道林凡不可能在这个时候随便拿本书来开玩笑，林凡一定是有了十足的把握才会这样急匆匆地找他们。

刘局长拿起桌上的《红楼梦》，坐下来说："大家先坐下来，林凡你发现了什么线索，慢慢说。"

等大家都坐了下来，林凡说："我们不是一直都想找到凶手选择这些受害人的原因吗？现在这本书就告诉了我们答案！"

刘局长随手翻开这本《红楼梦》，这里的几个人都看过这本书，书里面的很多情节他们都还大概记得。可是他们想不通林凡怎么会从这本书里找到了凶手选择受害人的原因。

刘局长把书合上，交给林凡，等林凡把答案公布。林凡马上把书翻开，指着书上的内容说："你们看，这是什么！"

任飞顺着林凡指的地方，看到书上这样写着：后面又画几缕飞云，一湾逝水。其词曰：富贵又何为？褓褓之间父母违。展眼吊斜晖，湘江水逝楚云飞。

任飞迟疑地说："这是什么意思？这和案子有关系吗？"

林凡说："史芳婷背部图画的照片呢？"

任飞忙从桌上的照片里把史芳婷的照片找了出来。林凡指着照片里史芳婷背上的图画说："你们看，这是什么?!"

这是史芳婷背部图案的照片，在史芳婷的背上画着几片云彩和一条小河……

任飞一看，联想起刚才书上写的内容，不由自主地起了一身鸡皮疙瘩。他看着林凡说："你的意思是？"

林凡朝他们点了点头。

任飞瞪着眼睛说："那书里还有其他受害人背部图画的描述吗？"

张诚看着林凡说："《红楼梦》里还写着其他十二金钗图画的暗喻。"

林凡点了点头说："我从书里都找到了，四个受害者，一个不少！"

就像林凡所说的，书上有这样几段文字：

画着一块美玉，落在泥垢之中。其断语云：欲洁何曾洁？云空未必空。可怜金玉质，终陷淖泥中。

画着一盆茂兰，旁有一位凤冠霞帔的美人。也有判云：桃李春风结子完，到头谁似一盆兰。如冰水好空相妒，枉与他人作笑谈。

画着高楼大厦，有一美人悬梁自缢。其判云：情天情海幻情深，情既相逢必主淫。漫言不肖皆荣出，造衅开端实在宁。

按书中所写的四段内容所描述的图画，和发生的四个案子里四位受害者背部所画的图案非常相似！

第一位受害者：秦丽背部画着一座古楼，古楼里有一人悬梁自尽。

第二位受害者：李文娟背部画的是一盆兰花，旁有一位古装妇人。

第三位受害者：史芳婷背部画的是几片云和一条小河。

第四位受害者：了缘背部画着一块美玉，落在泥垢之中。

林凡说："从凶手杀害第一位受害者开始，这些互不相识又没有任何关系的受害者，怎么会成为凶手行凶的对象一直是一个谜。我们把这本书上描述的内容，和这些受害者背部的图画相对比，会发现原来这些都离奇的相似甚至是雷同。还有这些受害人生前的生活经历，和书里的人物都有着某些相近的地方。"

任飞听着林凡的话，边回忆着这几个案子，边说："秦丽、李文娟……"

这四位受害人的情况，在座的每一个人都记得。根据林凡所提供的线索，张诚想着不由得心里发冷……这也意味着还有八个人已经被凶手锁定，案情还远远没有结束。

凶手作案动机竟然是与"十二金钗"有关！

张诚再一次看着林凡，他实在想不通林凡是怎么想到这本书的。怎么联想到这里面去的。张诚真的想知道这个年轻人怎么知道的。

张诚忍不住问林凡："你是怎么想到这里来的？"而刘局长和任飞也很想知道，林凡回家几个小时就找到答案了。

林凡苦笑，"其实这不是我的功劳，只是有一位不知名的朋友帮助了我。"

任飞问："什么人？谁这么厉害？"

林凡说："网上的一位朋友，他告诉我晴雯死后成了芙蓉花神。于是我就想到了《红楼梦》，想到了里面的一些情节。"

任飞叹了口气说："如果是我，我哪会记得书上的内容。"

林凡说："你会记得的，如果你也知道了那个信息的话。"

刘局长说："既然知道了凶手选择受害人的模式，那芙蓉花的意思就十分明显了！"

张诚表示同意，"从凶手所留下的芙蓉花应该可以判断，他要杀的就是他心目中的'晴雯'了。"

可是张诚所说的凶手心目中的"晴雯"在哪呢？凶手下一个行凶的对象会是谁呢？

案子又似乎回到了原点，凶手下一次又会对谁作案。

任飞问："林凡，你还找到其他线索没有？"

林凡点了点头："有，就是那首诗。"

张诚说："你的意思是在凶手所写的诗里，你找到了下一个受害人的具体的信息？"

林凡说："没有，只知道可能的地点。"说着林凡把那首诗的照片找了出来，他指着照片说，"这是一首藏头诗，你们看，诗里每句诗的第一个字，连起来读就是'青山再见'。"

张诚看了点了点头。

林凡接着说："原来我想过，会不会是每句诗都代表一个字。这一点我想了很久都没有思路，但按藏头诗的情况看，这四个字更有可能是凶手要暗示我们的。"

张诚说："你的意思是'青山再见'这四个字暗示了地点？"

林凡说："对，这也是偶然的机会，我知道最近在青山路上的花卉世界将举办一次大规模的花市，而时间就是从四月十七日开始的。"

四月十七日，一个看来不起眼的日子，现在让任飞他们一听起来就会心里发毛。因为那很可能是凶手下一次行凶的时间。这个日子本是一个快乐的日子，凶手却要选择这个时间来作案吗？

任飞问："你是说'青山再见'里的'青山'指的就是那条青山路？"

林凡点了点头。

任飞说："你这样判断有一定的道理，但那'青山再见'里的'青山'就不能指人，或是这首诗根本就不是一首藏头诗？"

林凡说："我所说的都是自己的一些猜测，可是如果没有发现《红楼梦》里的暗示的话，那么我也许会不那么肯定，但现在我却有十足的把握！"

任飞也觉得没有什么可再反驳的了，任飞并不是要怀疑林凡，因为他所说的都是有可能的。但他们的判断左右着一个生命，如果错了，那就没有补救的机会了。

林凡说："这个案子从一开始就有太多的问题，太多的谜团。就像张头说的，这个案子的关键在于发现凶手选择受害人的模式是什么。如果没有找到这个模式那些问题就永远都解不开，我们也只能自己乱在那些问题和谜团里。而只要找到这个症结所在，我们再反推，那些问题就不再那么神秘了。我们也不会只跟着凶手后面走，在凶手一个接一个提供的暗示里自乱阵脚。"

张诚说："林凡，那你说说你的看法？"

林凡笑了笑说："其实这个线索对我来说来得有些突然。"事情的发展往往是不期而遇的。就像这个案子的发生，他们是想不到的。就像林凡发现的这个线索，就连林凡自己也没有想到，会来得这么突然，甚至是来得这么容易。也许真如那句话说的一样——天网恢恢，疏而不漏，邪永不能胜正。事情总会有转机，总会有希望。

可是这样就能抓到凶手了吗？

刘局长心里明白如果真的按林凡所说的那样，那么下面的工作就比较清楚，也比较有目的性了。但要在凶手下一次作案前抓住他，刘局长觉得没那么容易，因这个凶手不同以往任何一个凶手。

刘局长说："既然这样，我们大家都先理理思路。先吃饭，吃完了饭再说。"其实刘局长知道现在时间比什么都要宝贵，可要是行动之前大家脑子里还是乱着的话，那更浪费时间。他自己也需要时间消化一下这个新的线索，考虑下一步的动作。

任飞对林凡说："我真是服了你了。"

林凡说："你不用服我，你应该感谢告诉我们这个信息的那个无名的朋友。有时候一些话、一些行动，可能说者无心做者无意，可是就是这些能给别人带来一些提醒。这些提醒对于一些人来说可能无所谓，而对于一些人来说却是至关重要的。"

任飞说："我看你不要当什么鬼侦探了，你应该去当老师，说不定更有前途。"

林凡笑着说："有道理，不过就算当老师，也不能饿着肚子！"

任飞说："你简直就是一'吃货'！"说着两个人哈哈大笑起来。虽然前面还有很多困难，还有很多的事情要做，但林凡的发现给大家带来了信心。

说是吃饭，其实他们四个人哪有心思。这吃饭的时间他们都在考虑着案情。心不在焉地吃完饭后他们又聚到了刘局长的办公室。

任飞说："按现在所掌握和分析的情况来看，凶手下一次行凶很可能是在青山路。如果这一次凶手要杀的是他心中的'晴雯'的话，那么我们可以通过排查与之相类似的人员来进行监控。"

张诚说："可是还会有很多的问题。"

林凡说："对，我们要尽快找到凶手选择的对象，又不能让凶手发现我们的行动。"

张诚说："而且时间上也给了我们很大的难题，因为开花市的原因，那里的人比平时要多出很多倍，这给我们的调查工作也带来很大的难度。"

林凡说："其实我现在担心的还不是这个。"

任飞说："那你担心什么？"

林凡说："就算是我们现在已经知道了那些数字和图案的含义，可是我们还不知道凶手是怎么找到这些受害人的。如果不知道这个，我们就不能主动出击。"

任飞说："凶手怎么选择受害人的呢？"

林凡说："要想想，就凭他一个人要找到这些受害人，是多么的困难，要知道他不可能找人来帮他做这些事的。"

芙蓉花暗示的是凶手心里的"晴雯"，可这"晴雯"又身在何方呢？

任飞和林凡一起来到这青山路，青山路在这个城市里代表着美丽，代表着鲜花。这是市里最热闹的地方之一，很多人在休息日都会到这里来逛逛花市、散散心。因为这里有一个花卉世界，而且对外是免费开放的，花卉世界里有各种各样的花卉，在不同的季节花卉世界会举行不同

的花市。这个地方就是这城市里的"花朵"，美丽而又芬芳。

由于花卉世界的关系，全国各地都从这里批量订货，市里各个零售花店的鲜花供应也是从这里批发来的。有需求自然就有供应，在青山路上到处都是花店，接待着全国各地的游客和商人。

对于如何在这样的地方找到凶手选择的对象，任飞和他的同事很在行。因为他们有充足的资源和人力去做这些事，而林凡却没有加入他们。现在林凡考虑得更多的是既然凶手通过杀人来做他的"红楼梦"，那么他是怎么找到这些受害人，并如此地了解这些受害人的呢。

调查的过程都是秘密进行的，因为他们知道凶手很可能就在附近，如果让凶手知道了警方的行动，那么凶手很可能改变作案的时间和地点，或是选择别的受害人作案。那么在这里所做的一切不仅徒劳无功，而且还会带来更严重的后果。如果再想抓住凶手，就更难上加难了。

"晴雯"必须找，可是找的时候又不能让别人知道，这是十分困难的。任飞想到一个很好的借口，他们借口调查人口居住情况，对这一带进行寻访。这样不仅不会造成恐慌，也减少了凶手发现警方行动的可能。尽管这样，凶手还是有可能发现他们的行动，但如果不行动，青山路上那么多的花店，那么多的人，很难确定"晴雯"所在。

16. 报纸头条

大家正忙着的时候，任飞接到了钱秀男的一个电话。任飞没想到这个时候钱秀男会给他打电话，因为这个时候是比较敏感的，而钱秀男是市里有名的记者。她不仅人长得漂亮，而且写的报道和评论文章大胆，文笔犀利，有多篇报道引起了很大的反响。钱秀男和任飞、林凡他们是很好的朋友，但不知道怎么的任飞面对她总有些憷头。任飞知道要是让钱秀男得到了这个案子的消息，那她非闹翻天不可。但出乎意料的是钱秀男在电话里只随便问了问任飞最近的情况，并没有提到这个案子，这让任飞放了心。任飞明白她其实是来打听消息的，钱秀男想了解警方最近有没有值得报道的案子。任飞只是随便应付了几句，钱秀男也没再说什么，就挂了电话。

任飞放下电话，心里突然有种不祥的预感，他转过头看着林凡。林凡被他看得全身不自在，"怎么，刚才是谁的电话？"

任飞说："钱秀男！"

林凡一听就笑了说："那你可要小心点，这个时候她找你准没什么好事！"

任飞有点慌说："那她最近找了你没有？"

林凡有些失望地说："没有，自从上次她打了我两个耳光后，就再没和我联系。说真的，现在我还真想见见她。"说着他还下意识地摸了摸脸。这个钱秀男还真是惹不得，上次在刘斌的酒吧，林凡喝多了两杯，搂过钱秀男想让她喝两杯，钱秀男一个甩手就给了林凡两个耳光。

任飞说："虽然我知道你小子嘴巴紧，可是我还是要提醒你，这个时候可别被漂亮女人灌迷魂汤。"

林凡无奈地说："你还怕我会对她说？你怕的不应该是我，而是别人！"

任飞自信地说："我的下属不敢这样干，我有这个信心！"

林凡说："我指的不是你的人，你的人不敢，说不定有人敢！"

任飞说："那你说谁敢把这事捅到报社去，要是真那样，我让他吃不了兜着走！"

林凡笑笑说，"你可以呀！"

任飞一听林凡的话，脱口而出，"你的意思会不会是凶手自己……"任飞的话还没说完就没了底气，万一凶手真要这么干，把事情捅到报社去，那一切不就完了！

林凡说："你也不用担心，钱秀男只是打了个电话来，看起来这很正常。"

任飞说："和你认识这么久，第一次这么希望你刚才说的话是屁话。"

林凡叹了口气说："可你不要忘了，凶手是什么样的人，会做什么样的事。"

任飞刚想张嘴，又把想说的话咽进了肚子里，这个话题再继续下去真是太没意思了。

四月十七日，天气很好，轻风徐徐，阳光明媚，天空中零星飘着几片云彩，这样的好天气用来办花市是最好不过了。花市的盛大举行，让这个城市充满了喜气和活力。

四月十七日，对于任飞他们又是一个特殊的日子，因为今天可能会决定很多的事情，而这些决定不仅仅是对与错那么简单。

这样的好天气，任飞坐在车里却觉得很烦躁。虽然他知道现在不是烦躁的时候，他更应该静下心来。可由于最近任飞的精神和身体太疲惫了，在这样的状态下，很容易产生烦躁的情绪。这几天任飞都快给累垮了，他带着人不停地在找资料，调查、布控……把能想到的事都干了。虽然林凡找到了凶手选择受害者的模式，也发现了神秘的芙蓉花和诗里的秘密，但是凶手锁定的下一位受害人没办法确立，在这样的情况下，任飞他们只有根据已经确定的线索来寻找所有可能的相关人员并加以保护。任飞知道这一次的行动很重要，因为如果他们的行动一旦出错的话，那不仅是白忙活，还会造成很严重的后果。

经过他们反复的比较和排查，最终确定了三个主要的可能受害人。任飞已经做好了十足的安排，警方对这三个人暗地里进行了监控。在青山路上警方也布置了多个暗哨，小心留意过往的人群，看其中有没有在录像带里出现过的嫌疑人。刘局长同意了林凡的意见，警方没有把真实的情况告诉受保护的人。这三个人甚至不知道有警察在暗中保护她们，她们还像平常一样生活着。

经过几天没日没夜的工作，虽然任飞看上去有些疲惫，可眼睛却是炯炯有神。林凡侧头看了看任飞说："老任，我真服了你，累了这么多天，你还挺得住！"

任飞却叹了口气说："其实我已经快不行了，我现在也只是死撑而已！"

"可看你的样子不像嘛。"

任飞苦笑了笑说："多少我也算是个头，特别在这个时候，如果我垮了，那对队里的士气会有很大影响。再说为了这个破案子，就算再难我也要挺住，哪怕把我累到吐血也都要抓到凶手！"说完任飞又来劲了，好像下一秒凶手就会出现，他就要往前冲似的。

任飞用手指了指旁边的花店说："里面那个女孩子叫邓招弟，从她的个人情况来看，有些像'晴雯'的身世。她初中刚毕业就从农村来到这个花店打工，人长得很漂亮，个性也很泼辣，个性也有些像书里的那个'晴雯'。"

顺着任飞指的方向，林凡看到店里面有两个女孩子。看样子她们年纪都不大，只有十七八岁。任飞说的那个叫邓招弟的女孩子正和另外一个女孩子有说有笑。林凡便对任飞说："我进去看看。"说着他下了车，走进了花店。

一看到有客人进来，邓招弟立刻迎了上来，笑着说："先生，有什么可以帮到你吗？"

林凡看了看面前的这个女孩子，她的确长得很漂亮。可能是因为她年纪还小，邓招弟的眉宇之间透着一股子调皮劲。林凡很喜欢邓招弟那张肉肉的脸，林凡越看越觉得她可爱。因为林凡从小就是孤儿，他很希望自己能有个妹妹，邓招弟给林凡的感觉，就像看到了自己的妹妹一样。

邓招弟被林凡看得有些不好意思，她有些生气地说："你是来买花的，还是来看人的？"

一听这话，林凡知道自己刚才失态了，他笑着说："人也看，花也买。"说着林凡转身去看花。旁边另一个女孩子走了过来，"先生，不好意思，她这人就这样，不太会说话，您可别和她一般见识。"

林凡转过头，看到了一双又大又温柔的眼睛，这个女孩子和邓招弟不同，她算不上漂亮，可是她的笑让人看了觉得特别亲切，特别是她的

那双眼睛，也不知道她是因为这双眼睛而变得漂亮起来，还是这双眼睛因为她的笑而美丽。林凡心想这个花店的老板可真有本事，能同时请到这样的两个美女。

这个女孩子也被林凡看得不好意思起来，她脸一红说："先生，您没事吧？"

林凡回过神来，他也觉得挺尴尬的。林凡还没有在女孩子面前这样失态过。

"若诗，我就说他不是来买花的，是来看人的吧！"邓招弟在旁边笑着说。

这个叫若诗的女孩子回头瞪了邓招弟一眼，转过头对林凡说："您要买什么花，是要送人吗？"

"随便看看。"林凡尴尬地笑了笑。

"如果您不知道送什么花好，您可以告诉我准备送给什么人，我可以给您一些建议。"若诗笑着说。

还没等林凡开口，邓招弟就说了："那还用问，一定是送给女朋友的。"

林凡笑着对邓招弟说："你怎么知道？"

邓招弟说："我一看就知道！我做这行这么久，凡是进店的人我一看就知道他是个什么样的人，他要买什么花。"

林凡听了觉得很有意思，"那你觉得我是什么样的人，你怎么知道我一定是买花送给女人的？"

若诗在旁边拉了拉邓招弟，可邓招弟不管，她说："我一看你就知道你是个情场高手，一定骗了不少女人吧！"

林凡以前不知道买过多少次花，可是这一次他还是第一次遇到这样卖花的，"你怎么知道，从哪看得出来，我可不是什么高手呀。"

邓招弟上下打量了林凡一会儿说："你的眼睛。"

林凡眨了眨自己的眼睛疑惑地问："我的眼睛怎么了？"

邓招弟说："你的眼睛应该迷死过很多女人。"

林凡笑着说："可能是昨天晚上没睡好，所以今天看起来帅一些。"

邓招弟白了林凡一眼，"别蹬鼻子上脸，你要不要买花?"

林凡往邓招弟面前凑了凑轻声说："如果我买，能不能算便宜点?"

邓招弟也不往后躲说："可以，看在你这么帅的分上。"

林凡笑了笑，"那好，我不买。"

邓招弟看了看林凡大声笑着说："我就知道，你纯粹是来捣乱的。"

林凡笑了说："是吗?"

若诗忙在一旁打圆场说："您可别和她一般见识，她就是这样口无遮拦的人。"

林凡笑着说："没事，和你们聊天我很开心。"说着林凡的心却沉了下来，他真不希望是她。因为邓招弟是那么可爱，活得那么的有热情，他希望邓招弟以后也像今天一样，能快快乐乐地生活着。

邓招弟看着林凡脸上的笑容渐渐没了，她说："怎么，还真生气了? 我是和你开玩笑的。"

林凡说："不是的，我还有事，下次我再来买你们的花。"说着林凡走出了花店。

待林凡出门后，若诗拉着邓招弟说："你说这人是不是有些怪?"

邓招弟看着林凡的背影说："是有些怪，不过倒蛮合我的胃口。"

若诗听了用力拧了下邓招弟的胳膊说："好啊，你这个死女人，只见一面就这样了!"说着两个人在花店里打闹了起来⋯⋯

林凡从花店出来，脸上的表情有些不自然。等林凡钻进车里坐下，任飞忙问："怎么了?"

林凡沉着脸说："没事。"说着他转过头往花店那边看去，邓招弟她们又开始招呼进去的客人了。

林凡对任飞说："我现在突然想改行了。"

任飞被林凡说得丈二和尚摸不着头脑，"你受什么刺激了?"

林凡说："我现在想开个花店了。"

任飞看着林凡，突然哈哈大笑起来，"林凡啊，林凡，你可真不是

个东西。"

可这个时候，林凡却没有笑，他转过头看着店里的邓招弟，如果自己是凶手，那她一定就是自己想要的"晴雯"……

在林凡他们的车外，已经是人山人海了，来来往往的车和逛花市的人把整条街都占满了。这些人当中有来看行情做生意的；有来看热闹的；有特地从外地来这里旅游的……可凶手很可能就混在这熙熙攘攘的人群中，而这茫茫人海之中，凶手又会躲在哪里呢？

这个时候有人敲他们的车窗，林凡转过头一看，原来是一个五十多岁的老头，手里拿着一沓报纸正对他们笑着，"要不要来份报纸？"

林凡笑着说："那来一份吧。"

那老人边把报纸递给林凡边说："今天的报纸可好看了！"

"哦？怎么个好看法？"林凡给了他钱随口问道。

"今天报上登了奇怪的连环凶杀案，凶手还在死者的背上画画呢！"

任飞一听，脑子"嗡"的一声懵了。他从林凡手里抢过报纸，报纸的头版头条的标题是这样写的："冷血杀手制造连环杀人案，警方办案不力欺骗市民。"任飞再看下面的正文：据本报获悉自四月一日起，本市连续发生凶杀案。死者都为女性，已经先后有四人被害。按案发现场情况看，凶手先是杀死受害人，然后在其背部作画……

对任飞来说这个消息简直就是晴天霹雳！他能料想到这件案子传到社会上能带来多么严重的后果。可是谁会有这么大的胆子把这个消息传到报社里去呢？

林凡拿过报纸一看，他也是一愣。没想他和任飞刚才的一个玩笑现在竟变成了现实。他看了看任飞，任飞的脸铁青，脖子上的青筋都暴出来了。

任飞咬着牙说："要让我查出来这事是谁说出去的，我可饶不了他！"

林凡说："没想到，刚才的玩笑真的变成了现实。"

任飞说："有没有可能，这个信息是凶手故意透露给报社的？"

林凡点了点头说："看来他已经知道我们在这里的行动。"

正说着任飞的手机响了，电话是周清打来的。她告诉任飞，一大群记者正围在警察局里采访这个案子的情况，现在警察局里都快乱套了。

从任飞的表情，林凡也猜出了电话里的内容，便说："你先回去吧，先把那里的问题解决了，这里我帮你看着，有事我通知你。"

任飞急匆匆地赶回了警察局。老远就看到警察局的门口站了很多人，任飞刚一下车就被一大群记者堵住了去路。有人问："任队长，《诚报》上登的报道属实吗？你能不能介绍一下案件的真实情况？案件有了新的进展吗？"任飞一路走，那些记者就跟着问，他只能低着头往里冲。警察局的大厅里也挤满了人。任飞正往里挤着，他身边传来一个冷冰冰的声音："任队长，市里发生了这么重大的案件，警方为什么要故意隐瞒，你不觉得这是在故意欺骗市民吗？"

一听这话任飞的火就上来了，他转过头一看，原来认识，说话的不是别人，正是《诚报》的记者钱秀男。任飞想起刚才那个记者的问话，今天在车上看到的报纸也是《诚报》，看来这件事情是被《诚报》报道出来的，而写这篇报道的人很可能就是钱秀男。任飞也顾不上理她，也顾不上细想到底是怎么一回事，直接挤上了楼。

刘局长和张诚他们正在开会研究这件事情的解决办法。一开始他们也不清楚事情的原委，还是一大早有记者拿着报纸跑到警局来询问案子的时候，他们才发现问题的严重性。由于最近大家忙得天昏地暗，谁都没有留意到有这样的报道，所以这一次搞得他们很被动。

坐在车里，林凡仔细地看了一遍报纸上的报道，突然看到了一个熟悉的名字——钱秀男。林凡拿着报纸下了车，走到对面的烟摊，林凡掏出钱说，"来包烟。"

这个佯装烟摊老板的正是陈小东，陈小东低声问："怎么，凡哥你发现了什么吗？"说着他拿了一包烟递给林凡。

"没有，你在这里看着，一有事就通知任队长，我现在有事要去处理一下。"说着林凡就离开了。

林凡要去的地方正是诚报报社。他知道这一次的事如果不处理好的话，不仅刘局长和任飞要为这件事负责任，而且对这个案子的后续调查也会带来很大的障碍，这样的消息登在报纸上将会带来不可预想的后果。

在去报社的路上，林凡给《诚报》的总编杜立文打了个电话。在电话里林凡没有提这篇报道的事。

一到报社，林凡就直接进了杜立文的办公室。杜立文四十多岁，干报纸这一行也有些年头了。杜立文是一个很有野心、很有眼光的人。自从他当上《诚报》的总编以后，《诚报》的业务发展很快，已经成为了当地最有影响力的报纸之一。这个案件的消息在《诚报》上登出，这带来的影响非同小可。

杜立文以前和林凡有过接触，算起来他们还算是朋友。杜立文一直很欣赏林凡，他总觉得这个年轻人让他有种说不出来的感觉，虽然林凡平时在他的面前不怎么正经。

杜立文一见林凡进来，忙站起身来迎接，他笑着说："大侦探，你今天怎么有空跑到我这里来了？"

林凡笑着说："没事哪敢来找你，我有点小事想找你帮忙。"

这个消息被登在报纸上，当然是在杜立文极力主张下，经过他和社长等人一起讨论决定的。这个时候林凡的到来让杜立文感到有些意外，不过他也猜出了林凡这次来的目的，他知道林凡和任飞的关系。对这种情况的发生，杜立文早想到了应付的办法。

杜立文悠闲地说："什么事，说吧！"

林凡冷冷地看着杜立文说："其实也没什么事，只是想问一下关于这篇报道的事。"说着林凡把今天的报纸递给杜立文。杜立文接过报纸看了看问："怎么，你觉得这篇报道有什么问题吗？"

林凡说："没有问题，只是现在登出来不是时候，也没有好处。"

杜立文把报纸放下，笑着说："你的意思我就不明白了，什么时候才叫做是时候？怎么没好处？我们的报纸之所以叫《诚报》就是要对广大的市民负责。市里发生这么大的案子，市民们都不知道，这是不公平的。再说了，现在把消息登出去也可以提醒市民提高警惕，你说是不是？"

听到这样的话，林凡明白了。林凡说："你怎么不说你这样做是为了报纸销量，为了提高你们《诚报》的知名度呢？好了，废话我们都不要说了，现在我们谈谈该怎么解决这件事情吧。"林凡知道《诚报》这几年的影响力和知名度提升得这么快，靠的是发布这样骇人听闻的消息和新闻，杜立文的那些说辞，都只不过是一个理由，而这个林凡和杜立文心里都明白。林凡没想到，杜立文的胆子有这么大，在不通知警方的情况下，就直接把消息登了出去。

杜立文说："这好像应该是警方来谈吧，你又不是警察。"

林凡说："有道理，可是如果这事我非要管呢？"

杜立文的脸沉了下来说："我知道你和任飞是好朋友，这件事情和你没有任何关系，你用不着来管这件事。再说消息也已经登出去了，已经没有办法了。"

杜立文说这话的时候，他的神情让林凡觉得很想笑。杜立文的为人林凡多少也知道一些，这件事按某种层面来说，杜立文做得也不算错。可是时间上杜立文做得不对，在案子的调查进行到关键的时候，无论如何都不能把这样的消息给登出去。

林凡笑着说："老杜，咱们是朋友对吧？"

杜立文也笑着说："小凡，我们是朋友，可是这件事我帮不了你。如果事前你来找我，我可能还能帮上忙，现在没有办法补救了。"

林凡说："如果我想出办法来了，你是不是会帮我？"

杜立文脸上的笑容僵住了，他还真怕林凡会搞出什么鬼花招来。对于林凡杜立文是知道的。当官的怕记者，可是杜立文这样有权有胆识的"老记者"面对林凡却有些憷头。

林凡见杜立文不说话，他说："其实很简单，你们明天在报纸上再登一条声明，说因为消息的来源没有得到充分的证实，后来调查发现消息是假的,这样就行了。"

杜立文一听脸上的表情就不对了,"小凡,这我可不能答应你。你要知道这样做会给我们《诚报》的名声带来很恶劣的影响!你也知道《诚报》靠的就是诚信,所报道的东西都是真实的。再说这件事情也都不是假的,我们还经过了取证。事前我们也询问过警方,可是他们不告诉我们,我们只好自己登出来。"

林凡说:"你们怎么询问警方的?"

杜立文说:"这你就不要管了,小凡,说真的,别的事还好说,这件事没得商量。"

林凡说:"我相信你会答应我的,要不然我也不会来。"

杜立文看着林凡,他不知道林凡凭什么说出这样的话。从朋友的角度说,杜立文是很愿意帮林凡的,但这件事他不能帮林凡。因为他是《诚报》的总编。

林凡说:"因为以前我帮过你,我希望这次你也能帮我。本来我不愿用这件事来和你谈条件,可是事情到了这个地步,我也没有办法。"

杜立文知道林凡所说的事是什么事,因为林凡曾经接受《诚报》王社长老婆的委托,调查王社长的私生活,林凡的手里有王社长的把柄,可是那一次林凡并没有把所调查到的证据给王社长的老婆,因此王社长欠林凡一次人情。林凡这样做是因为在他调查王社长的时候,他同时发现这位社长夫人也在做着和她老公一样的事。这位社长夫人调查自己老公的目的,是为了离婚的时候多分得一点财产。那个时候杜立文在林凡面前求了情。王社长也一直以为是杜立文的帮忙才让自己躲过了这场危机,正是因为这件事杜立文很快当上了总编。

事后林凡把委托费全退给了王社长的老婆。事后王社长要给林凡一笔钱,可是林凡没有收。

听林凡说到这个,杜立文的脸色有些发青。杜立文了解林凡,林凡不是那种拿朋友的把柄来谈条件的人,杜立文说:"小凡,你真的没必要这样做。"

林凡说："有必要！如果我不把你当成朋友，我就会让警察直接来找你，如果那样你要想想后果！"

杜立文说："什么后果？这是新闻报道的权利！"

林凡说："你知道是什么人把消息告诉你们的吗？"

杜立文说："我不会告诉你，如果你有本事查到，那我不管。"

林凡说："如果那个人就是凶手呢？"

这话的确让杜立文吃了一惊，"你别拿这话来吓唬我，你有什么证据说是凶手自己透露的消息？"

林凡说："这篇报道就是证据，你自己想想就明白了。"

杜立文沉默了，他知道林凡说的是真的，当着自己的面，林凡如果拿这个来骗自己也太幼稚了。杜立文虽然不是什么警察，也不是什么侦探，可是他的阅历和经验比平常人要多得多，听着林凡的话，杜立文暗自分析了一下情况。刚一得到这个消息的时候，杜立文有些兴奋得过头了，他根本没想到这个消息会是凶手亲自透露给报社的。现在杜立文一想，像这样的事，警察内部的人是不可能会把这样的消息透露出来的。如果不是警局内部的人又有谁会对这个案子了解得这么详细呢？那只有一个可能，就是凶手。一想到这里，杜立文的心里开始紧张了。他怪自己收到这个信息的时候，想得太简单了，更确切地说应该是想得太好了。他以为是一个好机会，却没想到会是这样的一个结局。

林凡说："我们先不谈这篇报道会造成什么样的影响，会不会影响警方办案。我现在要告诉你的是，如果你还坚持这样做，那就达到了凶手的目的。凶手这样做无非就是为了制造混乱，为他下一次作案提供方便。你刚才说你这样做是为了对市民负责，要是为了这个，那你就应该收回报道。"

杜立文双手来回地搓着。他越想越感到事情的严重性。杜立文本想借着这次机会再让《诚报》火一把，他没想到事情会是这样。

林凡接着说："如果你不愿意，我也没办法，那你就等着警方来处理吧，到时候情况肯定更糟糕，当然如果你答应了不是没有好处的。"

"什么好处?"

"等案子破了,你们有独家的报道权。那时候,你们一样可以再把《诚报》炒一把,而且你们还可以和警方搞好关系,这里面的利弊,我想你应该知道。"林凡说。

"这案子,警方能破得了?"

"能!"

"真的能?"

"邪永不能胜正,而且现在案子的调查已经取得了突破性的进展,凶手很快就会落网。现在你们要做的只是沉默,我相信你们能尽心尽力地协助警方,而不是在这个时候制造混乱。"林凡说。

考虑了很久,杜立文终于开口说:"我要向上面反映一下情况,再给你答复,至于事情能不能按你说的那样做,我也没有权力决定。"

林凡说:"我会在这里等,如果王社长不同意,我会有办法。"

杜立文没再说什么,他出去找王社长去了。过了好一会儿,杜立文进来对林凡说:"就按你说的办,不过你说的话要算数。"

林凡心里长舒了一口气,他笑着说:"当然算数,不过我还有一个条件,在明天的声明之中,我要登一些消息。"

杜立文说:"什么消息?"

林凡说:"这个消息不会影响你们报社,只是一些数字而已。"

杜立文说:"我希望任飞能够对我做个承诺。"

杜立文的意思林凡明白,毕竟林凡不是警察。林凡说:"可以,你等我的消息,任飞一定会答应。"

杜立文说:"那行吧,明天的声明你直接找钱秀男,我们看过没问题就会登在明天的报纸上。"

林凡说:"好,一言为定。钱秀男在不在,我正好找她有事。"

"不在,她现在在警察局。"

警察局里现在已经是乱得不行。

刘局长和任飞他们商量了半天,也没得出一个满意的解决方案。这个时候林凡给刘局长打了电话，把发生在杜立文办公室的事告诉了刘局长。得到这个消息，让刘局长高兴坏了，刘局长立即召开了新闻发布会，按林凡的建议，警方对外公布这四位受害者都是由于自然原因死亡的，并不是像报纸上所登消息里说的那样被人杀害。

开新闻发布会的时候，任飞把钱秀男拉到了他的办公室里，他怕在新闻发布会上钱秀男会问出一些让刘局长招架不住的问题。任飞气冲冲地对钱秀男说："是谁给了你们这样的消息，你知不知道这是在制造社会恐慌，你这样报道会出现什么样的结果你知道吗？"

钱秀男冷冷地看着任飞说："如果不如实报道那才是对市民们不负责任。我打电话问过你，没想到你什么也不说，你也太不够朋友了，既然你不说，我只有登在报纸上，看看你们说不说，没想到你们还要拦着！至于是谁报的料，我不能说。"

任飞一听更火了，可他又不好发作，"你怎么不能说，我是警察。"

钱秀男说："就是因为你是警察，所以才不能说，谁知道你会不会公报私仇！"

任飞一向对女人没有办法，特别是对付这样的女人，他更是没招。他现在真想林凡能来。如心有灵犀般林凡在他身后说话了："钱秀男，你哪里不好去，跑到警察局来，怎么，被人抢了？"

看到林凡出现，钱秀男心里就起了无名火，她冷冷地笑着说："你以为我想来，要不是你们，请我我还不来呢！"

林凡走到钱秀男身边笑着说："嗯，有理！刚才你们在聊什么呢？"

"没聊什么，我正准备走，有什么事下次说吧！"虽然钱秀男嘴里这样说，可她却没有要离开的意思。

"哦，你要走，那请便，下次有机会我们再聊。"说着林凡让到了一边。

这一下倒让钱秀男尴尬了，她迟疑地看了看任飞，任飞没有说话，好像是默认了。

话都说出口了，钱秀男只得向外走。但还没等她走两步，林凡在背

后又说话了，"我估计你晚上会睡不着，可能还会做噩梦！"

钱秀男没转身前就笑了，她回过头看着林凡，"你还不是想让我告诉你是谁报的料！"

林凡笑着说："你不用说，我也知道。"

"谁？"

"凶手！"林凡盯着钱秀男冷冷地说。

钱秀男脸上的笑容僵住了，因为她没有想到会是凶手报的料，她和杜立文的想法是一样的。

林凡说："你可以不告诉我们你知道的情况，不过你要想想后果！"

钱秀男急了："你们一直在隐瞒这个案子的情况，现在还敢来威胁我，看来我要把你刚才说的话都登在报纸上！"

林凡听了钱秀男的话却没有显得紧张，"你报道吧，你甚至可以加上我的名字。"说完又指了指任飞，"还可以加上他的名字。"

任飞一听心里就骂开了，钱秀男说："好！这可是你说的，到时候你可别不认账！

林凡耸了耸肩膀，笑着说："认不认账，那得看我的心情！"

钱秀男被林凡搞得又气又没办法，"你这不是要无赖吗？！"

林凡往钱秀男身边凑了凑说："我本来就是个无赖，你又不是不知道。"

钱秀男被林凡气得一脸通红，"你以为你刚才的话能激到我？我看你们以后怎么收场！"说完她转身就走，这一次她是真的要走了。

林凡说："你这样不经过仔细求证就把消息登出来，你可是要负责任的！"

钱秀男又一次转回头，"你这是什么意思？你以为你这样说我就会怕你？你怎么知道我没有求证过？"

"不如我们来做个交易吧！"林凡说。

钱秀男说："什么交易？"

林凡说："一是明天你们在报纸上声明，今天所报道的消息是有人恶作剧；二是有关今天得到消息的情况，如实地告诉我们；三是帮我们登一条消息和你的声明一起在报上发表出来。"

钱秀男死死地盯着林凡说："我为什么要这样做？"

林凡说："如果你按我说的做，我保证破案后，你拥有独家报道权。"

这话倒让钱秀男有些动心了，她说："如果我还是不同意呢？"

林凡笑着说："你会同意的，因为你是钱秀男，而且是我和任飞的好朋友。"

钱秀男考虑了一会儿说："那好，我要向领导汇报一下，这个我做不了主。"

林凡伸了个懒腰，懒懒地说："不用了，你们社长、总编那边我已经去过了，刘局长也给他们打了电话，他们已经同意了。"

"那你为什么还要来问我，事情都被你摆平了！"吼完，钱秀男转身冲出了门口。

林凡忙赶了上去拉住钱秀男，"你就当是帮我嘛。"

"事情都这样了，用不着我帮忙！"

林凡坏坏地笑着说："你知不知道，你要小性子的时候，特别可爱。"

"你滚开！我现在看着你就烦！"

可林凡的手并没有松开，"你要怎么样，才能消气？"

"你跪下，我可能会考虑！"钱秀男的话刚一出口，林凡就"扑通"一声跪了下来。这让钱秀男没有想到。这时候警察局的人还真不少，大家都不知道发生了什么事，都往这边看。林凡这突然的举动弄得钱秀男不知所措，"你快起来，你是不是疯了！"

"那你是答应了？"

钱秀男没有办法，"是，你赶紧起来，你不觉得丢人，我还觉得丢人呢！"

林凡嬉皮笑脸地站了起来，"只要你愿意，跪在马路上我都愿意！"

钱秀男白了林凡一眼，她真拿这个男人没有办法。这时周清正巧从这里经过，她看了看林凡和钱秀男，没好气地说了句，"真没出息！"说完就扬长而去。

钱秀男瞪着林凡："她是谁？"

"警察！"

……

看着林凡又拉着钱秀男回来了，任飞在心里骂道，这小子对女人还真有一手！

17. 神秘博客

钱秀男的消息来源是一封信，钱秀男收到信的时间是四月十五日。收到信后，钱秀男调查过李文娟和秦丽的家人，得到了她们家人的证实，这样钱秀男才敢把信里所写的一些情况登在报纸上。

钱秀男把信交给了林凡，信上面的内容是这样写的：

虽然我们没有见过面，但我看过一些你写的报道和文章，我很喜欢。很抱歉我只能写信给你，不能直接约你见面，因为我有不得已的苦衷。你看了这封信也许会觉得我是个骗子，但我要告诉你在这封信里所写的都是真实的。

……

从四月一日起，市里连续发生了杀人案。警方对所公布的情况却和事实不符……

接着信里详细描述了四个案子的情况。

任飞看着信，气得都快冒泡了，他对钱秀男吼道："你是不是有毛病？收到这样的信也先不和警方联系，却自作主张登在报纸上。就是白痴也看得出来，这一定是凶手所为，要不然怎么会知道得这么详细！"

钱秀男也叫道："我怎么知道是凶手寄给我的，我又不是警察。你怎么说我没联系过你们，我打过电话给你，可你什么也不说。"

任飞气得话都说不出来了。

值得庆幸的是钱秀男没有把受害人的真实姓名和相关资料登在报纸上，要不然这个案子肯定捂不住，其他报社的记者也不可能会放过这样的新闻线索。

第二天，《诚报》把声明登在了报纸上。《诚报》声明前一日所登的连环杀人案是虚假消息，经过警方和《诚报》的共同取证，证明这件事是有人在搞恶作剧。另外，林凡要钱秀男在声明里发的消息是一组数字——4503 5425 5552 4256。这组数字是汉字区位码，意思是"停止自首"。对于这组数字的刊登，林凡征求了刘局长和张诚的意见，因为这是唯一能和凶手对话的机会，这也是用另外一种方式告诉凶手，这个案件的很多重要线索已经被警方掌握，凶手唯一的机会就是投案自首。

林凡还特地嘱咐钱秀男，如果最近有人来要求刊登奇怪的数字一定要通知警方。

这个声明登出来后，事态逐渐得到了平息。可是钱秀男向任飞报怨，说是声明登出后的几天，《诚报》报社的电话都被打爆了，很多市民纷纷打电话来，把他们骂得狗血淋头。任飞听了心里乐开了花，可嘴上又不好说，只得安慰钱秀男，并亲自跑到《诚报》去找王社长和杜立文表示感谢。

这件事终于得到了解决，这让任飞脸上有了难得的笑容。

任飞问林凡："你说凶手吃饱了撑的，他为什么要把这个案子透露给报社？"

林凡说："凶手这样做有他的目的，他不是吃饱了没事干！"

任飞疑惑地说："难道仅仅就是为了制造混乱？方便他下一次作案吗？"

林凡笑着说："那只是说给钱秀男他们听的。"

二话没说，任飞照着林凡的肩膀就是一拳头说："你可真会骗，把我也给带进去了。"

摸着被任飞打红了的胳膊，林凡脸上的表情就像吃了苦瓜一样，"你能不能轻点！你可别把我当沙包使呀。"

任飞却不管，看着林凡的苦瓜脸，他哈哈大笑起来。

林凡叹了口气说："你想想，凶手这样做对他只有坏处没有好处。他这样做是可以制造混乱，可是这种混乱的局面决不会更便于他作案。"

任飞的表情也严肃起来说："那你为什么反对把案子的情况如实地告诉外界，这不是打自己耳光吗？"

林凡说："如果案子的情况如实地报道出去对我们也只有坏处没有好处。因为这样做不仅会在社会上制造不必要的混乱，搞得人心惶惶，还会让我们查案的时候很不方便，凶手也很容易知道我们的下一步动向。"

任飞点点头。

林凡说："还不只这个，更重要的是，我们不能让凶手得逞。他想报道出来，我们就一定不能报道出来。还有市民知道了这个案子的情况，只会在他们心里制造恐慌，虽然提高了他们的警惕却不能制止凶手再次作案，面对这样一个冷血又计划周密的凶手，市民根本没办法防备，也就达不到阻止他再次作案的效果。"

任飞说："凶手想报道，你偏不给报道，这是不是在斗气？"

林凡说："有时候破这种案子，斗的就是'气'。"

任飞一拍大腿说："有道理，这话听着提气！"

林凡下意识地摸了摸自己的大腿说："凶手是在发现他锁定的目标已经被我们保护起来时，才这样做的。"

任飞说："就算凶手知道了我们在保护他要杀的人，那他躲着不出来就好了，等有机会的时候再下手，他犯得着这样做吗？"

林凡说："你觉得凶手会是这样的人吗？"

"哎！"任飞摇了摇头说，"不是！"

林凡说："这就对了！你想想如果你是凶手，你发现锁定的目标被警方发现并保护起来了，你会怎么想？"

林凡说的话提醒了任飞。任飞说："那我一定认为警方已经发现了重要的线索。"

林凡说："对，还有一点很重要。"

任飞说："哪一点？"

林凡笑着说："他不知道我们具体知道了什么，就如同现在我们不知道他下一个所选择的具体对象是谁一样。"

任飞说："那你的意思是？"

林凡说："我想他更多的是想试探我们，想看看我们都知道些什么。"

任飞说："他这样做能试探到什么？"

林凡说："我们这样做，他一定会知道我们知道的线索并不多，那他就不用怕了！"

任飞想了半天说："你说凶手会不会自首？"

林凡叹了口气说："我希望他会，可惜的是他不会！他也知道我们会把这件事情摆平的。这是我们都想要的结果，包括凶手在内。"

听着林凡的话，任飞又想叹气。

时间一天一天地过去，凶手也再没有和《诚报》方面联系。

青山路上的花市还在开着，任飞他们在静静地等待着，等着凶手的出现，可是一切都是那么平静，凶手没有再采取任何的行动。

在那个特殊的日子——四月十七日，凶手没有作案，但就算是这样，刘局长也没有把负责监视的人员调回来，因为没有人知道凶手会在什么时候再次行动。通过这次的事情，刘局长他们知道，他们已经成功地阻止了凶手的作案计划。

现在大家似乎都卡在了同一个地方，无论是任飞还是凶手。可凶手会不会换另外一位受害人而行动呢？他们一直担心这一点，可是如果凶手真要那么做，他们也无能为力。在这茫茫人海之中，他们又到哪里去找另一位被凶手确定的目标呢。

林凡现在考虑的是凶手是怎么找到这四位受害人，选择并确定了她们就是凶手所要的"十二金钗"之一。如果说了缘的情况比较特殊，那其他三个人与她们相同或近似情况的人却有很多。

可是时间并不会理会这些，它仍然以它的方式进行着。

林凡不停地在脑海里回忆着，他所见到的关于凶杀案现场情况的片断。他总觉得有些细节可能被他们忽视了，而往往案件侦破的关键就是在一些小的细节上发现的。

凶手所选取的四位受害者的经历或多或少与红楼梦中的人物有着近似的经历，凶手发现这四个受害人绝对不是巧合，凶手和这些受害人不可能全都认识，而这些受害人之间也可能互不认识，一个普通人要得到这些受害者的具体信息太难了。

林凡在网上查了有关《红楼梦》这本书的一些情况。网上关于"红学"的网站还是很多的，在那些网站里，大家都在讨论着关于"红楼梦"的各种各样的内容，其中也有很多对书中各个人物的分析和评论。只是里面的内容又多，又没有什么规律，林凡看了很久，也没理出个思路来。

林凡坐得久了，便站起来伸了个懒腰，他突然想起史芳婷的案子。原来林凡也想过，凶手为什么要冒着被发现的危险去杀史芳婷呢？因为他完全可能找到不太容易被发现的场所和人来作案，为什么要选她呢？而凶手又是怎么找到史芳婷的？

林凡走出房间，开始在警察局里溜达。逛来逛去，他来到警察局二楼的健身房。房间里传来一阵打沙包的声音，林凡走进房间看到任飞正在健身房里练拳。林凡进来也没和任飞说话，直接走到一张乒乓球台边，坐在球桌上看着任飞练拳。

任飞打沙包的声音单调而又沉闷。林凡便拿起桌上放着的乒乓球和球拍，掂起球来。乒乓球一上一下地跳动着，林凡边掂着球，边看着球的跳动。突然一下，林凡没有接稳乒乓球，球一蹦一跳滚到了任飞的脚边。任飞停下来，看了看林凡，用脚把乒乓球给林凡踢了回来……

林凡看着乒乓球慢慢地滚回来，眼睛里突然闪动起莫名的光彩，凶手在寻找这些受害人，难道这些受害人就不可能主动来找凶手吗?

林凡想起刚才看的网站……史芳婷，几名受害人和书中"十二金钗"相似的身世……

想着想着，林凡跳了起来，"对，没有比这个可能性更大、更快、更有效了!"

林凡的这个举动把任飞吓了一跳，任飞诧异地看着林凡，不知道他到底要干什么。

林凡冲到任飞面前说："我记得你上次说，第二位受害者李文娟平时唯一的爱好就是上网是不是?"

任飞想了想，愣愣地点了点头。

林凡焦急地问："那你在秦丽和史芳婷家里有没有发现电脑，这些电脑现在在哪?"

任飞疑惑地说："在局里呀，怎么了?"

林凡说："查过没有?"

"查过了，没发现什么问题。"

林凡拉着任飞去找那两台电脑，那两台电脑已经被封存了。林凡立即要任飞打开电脑查受害人的上网记录。

可是要查电脑上的上网记录，有太多的问题，因为很有可能受害人会删除自己的上网记录，有些链接也根本查不出来。

由于林凡和任飞对电脑并不怎么在行，任飞就把陈小东给找来了，警局里电脑技术最厉害的就属陈小东了。

林凡要陈小东把电脑里，所有有关红楼梦的资料和受害人可能上过这方面的网站全部搜索出来。

过了一会儿，果然在两台电脑里都发现了《红楼梦》的电子版的书。在秦丽的电脑里竟然还发现了她自己写的关于看红楼梦的感想，而里面写的恰恰正是有关于"秦可卿"的，而这些信息以前都被忽视了。

在秦丽的收藏夹中和史芳婷的上网记录中发现了一个共同点，她们都上过一个网站，确切地说应该是她们都访问过一个博客。其实上网的人上过同一个网站或是同一个博客并不奇怪，这个博客里的文章也不奇怪，可是联系到已经发生的这几起命案，里面的信息就显得极不寻常。

这个博客的主人名叫"顽石"。在他的博客里的第一篇文章题目就是："寻找十二金钗——圆你自己的红楼梦。"

来这个博客访问的人并不是很多，点击率也不是很高，可是里面的留言却让每一位在场的警员心直往下沉。

在"顽石"写的一篇"红楼梦之可卿梦回"中，出现了一个自称叫"秦丽"的人的回复。这个在网上自称"秦丽"的人和第一位受害人的名字是相同的！

"顽石"的博客里播着《红楼梦》里凄美的插曲，鲜红的页面，似乎在告诉到这里的人们，这里有着一个凄美、无奈而又荒诞的故事……

在"顽石"的博客里有几十篇文章，其中有十四篇文章是单独介绍"十二金钗"，还有晴雯和袭人的。在每一篇文章里"顽石"还特意说明要在现实当中去寻找这些人，寻找现实之中的"十二金钗"。

这些文章后有很多的回复，大多是一些对于书中人物的感想和评论。可也就是这些回复之中，竟然也有人自称和书中主人公有相似的命运的。在这些回复中，留下真实名字的除了秦丽还找到了李文娟的名字。

而"顽石"最后一篇文章写于三月三十一日晚上，上面只有四句话：

满纸荒唐言，一把辛酸泪！

都云作者痴，谁解其中味？

林凡看着这些，叹了口气。书中的故事是美妙而又多情的，而现实中的"红楼梦"的故事却是那么的冷血而又无情……

任飞要陈小东把这个博客里所有的资料都打印出来，接着他们就开始查这些回复的内容，因为已经有四个人被杀害，现在还要找到十个与"十二金钗"相对应的人。在原来四个受害人当中，只发现了两个被害人用真名回复了，了缘和史芳婷并没有发现用真名回复。在"史湘云"篇中，有一条回复这样写道：虽然我的命运和史湘云不怎么相似，但我很喜欢书中的史湘云，看了这里的文章，我觉得我很像她，我很想有一天能成为她。因为我和她一样是一个敢做敢笑的人，我希望有一天能和她一样醉倒在青石上，与花同眠，那感觉一定很好……

在 "妙玉"一篇中，也有一些回复，可是并没有像其他文章一样，会有人把自己的命运和书中的"妙玉"作比较，也没有人留下自己的真实姓名。

任飞问林凡："你觉得这里面谁有可能会是了缘？"

林凡说："谁也不是，了缘的事凶手在所留的诗里已经写清楚了。"

"哦？"

林凡慢慢地念着："青云之间寻故回，山中一见定相对，再催香魂非为恶，见梦灵石诚为最，他确定'妙玉'是在重回青云山时选定的。"

林凡又对任飞说："记得凶手留下的那块石头吗？"

"记得，怎么了？"

"你知道《红楼梦》又叫什么吗？"

"《石头记》！"

"你记得清云庵后山上灵塔那里的石头叫什么吗？"

"灵石。"

"而这里博客的主人恰好也叫'顽石'。"

18. 芙蓉凋零

案件的一切似乎已经清楚，清楚得只剩下找到凶手了。

在这个"顽石"的博客里，任飞通过分析和调查确认了二三十个可能被凶手确认的"十二金钗"。原来被警方保护起来的三个"晴雯"，警方也对她们进行了询问，最终确认了真正的"晴雯"，正是邓招弟。

邓招弟十九岁，来自穷困山区，她现在在一家"满园春"的花店打工。经过调查，她承认自己经常上这个博客，也在这个博客上留了言，而且更重要的是她和这个"顽石"长期用邮件联系着，只是从来没有通过电话。她在邮件里告诉过"顽石"她的联系方式。因为这个叫"顽石"的人告诉她，他是电视台的编剧，正准备重拍《红楼梦》，也是因为这个原因，他在网上留言希望能够找到现实中与"十二金钗"相对应的人，从中选择剧组演员。对于从一个农村里出来的小女孩来说，明星梦是一个多么大的诱惑，可是她却不知道这个美好的愿望给她带来的却是一场噩梦。

就如同林凡所推测的一样，凶手在选择，而这些受害者也在选择。

似乎没有什么比这一切都要好了，一个又一个在网上留言的人被找到，被确认，一个个无辜的人离危险越来越近。

对于邓招弟，经过商量还是决定先暗地里保护起来，因为现在还不知道凶手具体是谁，在哪里可以找到他，只有通过这朵"芙蓉"引出凶手。

计划进行得很顺利，现在只有等待，等待凶手的出现，也就是成功的那一刻。

可事情的发展却远远没有这么简单，四月二十九日一大早他们就接到报案，那朵"芙蓉"凋谢了！

接到这个电话的时候，任飞都不相信自己的耳朵。这可能吗？任飞相信自己严密的布控，他也相信自己的人是不可能偷懒的。

一路上林凡的脑子里一直回想着他和邓招弟见面时候的情形，林凡想起邓招弟对他说过的话："你是来看人的，还是来买花的？"她说这话的神情，是那么的可爱……

等林凡和任飞赶到案发现场的时候，周围已经拉起了警戒线，有很多人正围着看热闹。本来这里就是闹市，一看到有警察在这里搞这么大的一个阵式，围的人都快把路给堵了。

一走进花店一楼，陈小东就迎了出来。陈小东比前几天已经瘦了很多，他一直在花店对面的烟摊上负责监视，现在出了事，陈小东觉得完全是自己的责任。任飞看得出，这小伙子的眼泪都快掉下来了，看着他那张憔悴而又消瘦的脸，本来任飞一肚子的火一下就没了。任飞知道在这里的每一个人都为这个案子付出了很多，他们在这里没日没夜地干，没日没夜地监控，为的是什么，还不是要尽快抓到凶手，还不是为了那些无辜的人不受伤害吗？任飞是干警察的，他能深深地体会到，那种不知要等到什么时候的心情。

"任队，我……"陈小东惭愧地低下了头。

陈小东做警察这份工作不到两年的时间，他还年轻。任飞知道这个小伙子很有前途，他有着自己没有的潜质，从某些程度上看他觉得陈小东有些像林凡。

任飞走过去，拍了拍陈小东的肩膀，没有说什么往楼上去了。

林凡也知道此刻陈小东的心情，陈小东不是怕负责任，他愧疚的是因为他的失职而让邓招弟受害，可是林凡何曾不是这样想呢。等林凡上了二楼的时候，看着眼前的情景，他的眼睛不由得一阵刺痛。

这是一个美丽的房间，里面放着各种各样美艳新鲜的花，但有一个女孩子奇怪地跪在房间中间的地板上，显得异常诡异。

邓招弟遇害的现场是在花店的二楼，严格地说，花店的二楼并不能算是房间，它只是矮矮的一个隔层。林凡他们上去都得弯着腰。这里是邓招弟守店休息的地方，也是花店存放货品的地方。这里只有一间很小的窗户，对着花卉世界的围墙。从窗户往外看，可以看到花卉世界围墙里边高大的树木。

房间的光线并不是很好，房间虽然不大，却飘着一股花香，可现在这花香里却掺杂着令人作呕的血腥味。

如出一辙的案发现场，同样的死因、同样的姿势……只是这一次受害人没有死在家里，而是死在花店里。

像了缘的案发现场一样，凶手并没有把现场整理干净。他任由邓招弟的血流着，直到流干她的最后一滴血……

美丽的花市，僵硬的尸体。美丽和死亡离得是这么近。

按尸检的情况看，死亡时间是在四月二十九日的零点之后。可这一次凶手是怎么在警方的严密监控之下得手的呢？一天二十四个小时都有人盯着这个花店，哪怕有一只蚊子走进去都会有人知道，可就是这样，邓招弟也被杀害了。

报案的人是花店的老板，名叫李国章。他今天早上来的时候，发现店根本没开门。他的店里请了两个女孩子当店员，一个是邓招弟，另一个是刘若诗。当天晚上是邓招弟负责守店，他来的时候还觉得奇怪怎么这个时候还不开门，因为这几天是做生意的好日子，再说邓招弟平时是一个很勤快的人。等李国章进了店上了二楼，他才发现邓招弟出了事。

而且让李国章感到奇怪的是另外一个店员刘若诗今天竟然没来上班。李国章打刘若诗的电话也没有人接听。他的店里刚发生了命案，他现在连店里的事都处理不过来。他哪有精力来处理这件事。但当他把这个信息告诉林凡后，林凡马上就感觉到不对劲了。

林凡向李国章询问了刘若诗的一些情况，刘若诗比邓招弟要早一年到李国章的店里打工，她家里的经济条件也不是很好。刘若诗平时很文静、老实，不像邓招弟个性有点泼辣。

林凡立即叫任飞派人按照李国章提供的住址，到刘若诗住的地方看看。

在花店的一楼还有个后门，后门是店里取水的地方，水龙头下方不远处是一个下水道的井盖。林凡问李国章："店里面除了你以外还有谁有后门钥匙？"

李国章说："我老婆，还有邓招弟和刘若诗都有钥匙。"

林凡指了指地上的井盖，对任飞说："来帮个忙，把这东西弄开。"两个人把井盖弄开，下面是一个很大的下水道，林凡和任飞蹲在井口边，用水电筒往里照了照，林凡对任飞说："你看，这些水管上面有摩擦的痕迹。"任飞点了点头。

任飞说："我们都疏漏了一点，我们认为这里不会有人进得来。就算要从后门进来，也要通过前面的街绕过来，这里反而成了监控的死角。"

林凡思索着说："就算是从这里进来，凶手没有钥匙怎么进门？再说门也没有被撬过的痕迹。凶手从这里爬到窗户那里也不可能，除非有梯子。按凶手的身高体态看，那么小的窗户凶手不可能钻得进去。"

任飞说："就算凶手从下水道出来，可他怎么进到二楼呢。就算进了二楼他怎么能摸黑作案，难道他是夜眼？"

林凡说："也许他有钥匙，他也有夜眼。"

任飞说："他哪来的钥匙？"

林凡说："你不要忘了二十八日深夜的时候，有很亮的月光，这个地方对的方向是正西，有这样的月光也够了。钥匙除了邓招弟外，你不要忘了还有一个人有。"

任飞说："你是说凶手拿的是刘若诗的钥匙？"可话一出口，任飞就感觉不妙。他猛地想起《红楼梦》里除了晴雯之外还有一个贾宝玉的丫头，那就是袭人！

可是在"顽石"的博客里，刘若诗的名根本没有出现过。难道刘若诗没用真名和凶手联系？

任飞正想着，手机响了，是刚派去刘若诗家的陈小东打来的。

任飞接完电话后呆呆看着林凡。

强烈的不祥之感袭击了林凡，他说："走，去刘若诗家!"

19. 花香袭人伤我心

等林凡赶到刘若诗家的时候，她家已经拉起了警戒线，屋里已经有警员在做现场搜查了。

刘若诗也被杀害了，奇怪的发式、跪着的姿势、背部的彩绘……

看着地上冰冷的尸体，林凡紧紧地握着拳头。他想起在报上登的那条消息，那条他劝凶手投案自首的数字。难道自己做错了？难道那条信息激怒了凶手，让他这样变本加厉地来作案？

　　现在已经有六个人被害了，而这个凶手还不知道在哪。自从凶手杀害了缘后，凶手再也没有把受害人的血弄干净。案发现场的地上淌满了受害人的鲜血，那刺鼻的血腥味布满了整个房间，而在这血腥味中却带着一丝幽幽的香味，因为屋子里放着很多鲜艳欲滴的花……

　　在《红楼梦》里，晴雯和袭人本是在一起的。她们都是宝玉的丫头，虽然按书上说她们的命运不同，可是凶手却给她们安排了同样的命运。在花店门口，林凡看过她的笑，看过她和邓招弟聊天打闹……她的笑是那么美丽，比那鲜花还要美丽。可就是这样一个美丽的女孩，却这样凋谢了，邓招弟也是一样。每个人都有梦想，她之所以得到这样的结果，难道只因为有一个明星梦吗？

　　看样子刘若诗是一个爱花的女孩，她的屋子里放了这么多的花。林凡走到这些花前，才发现这些花不是真的鲜花，而是纸折的纸花。这些花虽然美丽却永远没有香味。原来这屋子里除了血腥味外混着的香味，不是这些纸花发出的，而是这可怜的女孩子喷的香水。

　　看着这些"美丽"的花朵，林凡默默地流下泪来。他不知道为什么会这样，在这个放满"鲜花"的房间里，他能感受到这女孩子的孤单，那一份对生活的热爱……这样一个爱花的女孩，因为穷她买不起花，于是她折了这么多的纸花，来把自己的房间装饰美丽。林凡似乎能看到刘若诗一个人坐在房间里折着花的神情，她的脸上带着淡淡的笑容，或许还带有一点点忧伤……

　　这两个可怜的女孩子，都死在了花的旁边。不同的是邓招弟身边是真正的鲜花，而刘若诗身边却是纸花。她们都曾经比这花还要美丽，也许她们心中都有像这些花朵一样美丽的梦，她们本不应该躺在这冰冷的地上，她们应该面对着温暖的阳光快乐地笑着……

　　林凡边想着手边使劲地抓着纸花，他的心中升起出一种无法言语的恨，他现在真想抓住凶手亲口问问他为什么要这样做，为什么要这样无情地摧残这些年轻而又可爱的生命？

　　和前几次一样，凶手这一次没忘了留下他的暗示，凶手留下的是一个音乐盒。凶手还怕警方的人认为不是他留的，在音乐盒下面特地留了一张字条，上面用鲜血写了一首诗：

芙蓉凋零化春泥，

花香袭人若梦里，

香魂此去相为伴，

前生往事唯自知。

打开音乐盒音乐响起，音乐盒里面有一个转动的转盘，上面有两个人偶在翩翩起舞……

凶手的下一个目标会是谁呢？

第四章　错乱

　　这个暗室里面可以说是乱得一团糟，墙上、桌上、地上到处都是画纸，画纸上画着各种各样的东西，但大多数是人头画像，只是这些人头画像都没有画脸。在这昏暗的灯光下，这些奇形怪状的人头画像反射着暗黄的光，让人看着起了一身鸡皮疙瘩。

20. 死亡日记

凶手自花店的凶杀案后，就好像从这个地球上消失了。

任飞觉得自己好像冲进了荒草地，好像哪里都是路，却哪里也找不到路。

任飞对林凡说："你知道吗，我觉得累了，我觉得我快挺不住了。"

林凡知道任飞心里的压力，可林凡心里明白，任飞虽然这样说，可他的心里还有力量。

这个案子似乎陷入了一种可怕的循环，只有等凶手再次作案的时候，警方才有机会抓住他。因为凶手每一次作案，都没有留下关键的线索，警方只能眼看着凶手作案，却无能为力。从某种程度上来说凶手成功了，他在一次次地作案中消磨着警方的意志。

林凡却没有觉得累，他只觉得全身的力量都快爆发了。

从"顽石"博客资料里找到的可能受害人，通过对她们的寻访和调查，发现凶手与这些人都只是通过邮件联系，而且凶手使用不同的邮箱和不同的人联系。

这一次凶手又留下了两样东西，一样是音乐盒，另一样是一首诗。

任飞说："原来我们以为会从凶手的暗示中清楚地知道，下一个目标人物会是谁，可是现在怎么没法子清楚地推测出来了呢？"

林凡说："其实已经比较清楚了，从'顽石'的博客里我们都知道凶手确立的目标是十四个人。现在从留下的暗示来看，音乐盒里的两个女子暗示的是'王熙凤'母女。"

张诚说："我同意林凡的意见，现在十二金钗里剩下的还有贾家的几个姐妹，以及林、薛两人。照我推测，凶手会把贾家的几个姐妹，还有林、薛两人放在最后面，现在看来只有她们俩了。但我觉得奇怪的是，凶手现在不像原来给的暗示有那么多了。"

林凡说："不仅是我们在观察凶手，凶手也在观察着我们。"

任飞问："你的意思是说，如果他发现我们已经发现并保护了王凤，他就会知道，我们已经知道他是怎么找到这些受害人的了？"

经过调查，王凤在"顽石"的博客里留的是真名。她在"顽石"的博客里，《寻找"王熙凤"》一文中有这样的回复：我虽然不像书中的王熙凤那样出生在有钱的人家，也不像她那么有本事，可看了这里的文章，我越来越喜欢书中的这个人物。我的一些朋友曾经说我像王熙凤……我的女儿也叫"巧姐"……

林凡说："你现在知道，这个案子，我们和凶手斗的不仅仅是侦查与反侦查，也是在斗智斗勇！"

这个时候林凡他们和凶手一样，都只有唯一的机会。这个机会不是凶手的"死刑"，就是林凡他们的。

很快就要到"五一"长假了，难道凶手会在这个时候动手吗？

开了案情分析会后，刘局长又把任飞、林凡和张诚叫到了一起。

任飞问刘局长："这一次要不要把事情的原委告诉一下王凤？"

张诚和林凡都没有说话，按任飞的意思，最好不要告诉她这些情况。

刘局长看到林凡和张诚都没有表态，便说："这次先不要告诉王凤。我们只有这一次机会，不能让凶手再跑了！"

听了这话，任飞忙站起来说："刘局，这件事我要负全责！"

刘局长示意任飞坐下，他说："现在不是追究谁的责任的问题，你以为你任飞来承担责任就行了，那是两条人命！"

任飞听着低下了头，他一直为这事愧疚着，他觉得事情本不该是这样的。那两个年轻的女孩本不该死的，她们本应该快乐地活着，可也就是由于他们的粗心大意，造成了今天无法弥补的后果。

这个时候林凡说："我们还有主动权在手里，因为现在凶手还不知道我们已经明了他行凶的模式是在寻找十二金钗。所以这一次我们在保护王凤上更要隐秘，也更要安全。这一次是抓到凶手的好机会。"

任飞点了点头，狠狠地说："这一次我绝对不会放过他！"

张诚说："现在凶手的作案时间变动了，也没有了规律。从凶手在刘若诗受害现场所留的东西看，他留下的暗示越来越少。看来他也是担心警方会提前一步知道他的动向。"

刘局长说："不管怎么样，我们这次一定要抓住他。"

"五一"长假相安无事地过了，五月八日林凡一大早就来到警察局里，他是接到了任飞的电话赶来的。因为警察局又收到了一封奇怪的信，这一次凶手并没有暗示，而是直接在信纸上写了几个字："无法停止的噩梦！"

写信所用的血经检验和第一封寄给刘局长的信上的无名氏的血一致。

这些字代表的又是什么意思呢？在一开始凶手把这一切称之为"游戏"，而现在却称之为"无法停止的噩梦"。

任飞问林凡："为什么凶手要给我们寄这么奇怪的一封信，还在上面留这样的话？"

林凡说："谁知道呢？"

林凡看了看任飞又说："也许这一切对于受害人是一场噩梦，对于我们是，对于凶手也是。"

任飞说："你的意思是？"

林凡说："也许这又是一个开始。"林凡也不知道为什么，他从这简单的几个字里感觉到了凶手的某种绝望的心境，而这种心境是无法用言语来形容的。

晚上回到家，林凡在自己的邮箱里发现了一个包裹。看样子包裹里面包的是一本书。林凡打开牛皮纸的外皮，却被眼前的东西惊呆了。

包裹里是一本记事本，黄色的外皮上面用血红的字写着"开始"两个字，看样子应该是用血写的。这让林凡感觉到这本记事本一定和这个案件有关。

林凡打开记事本，只见第一页这样写着：

我原来以为我是生活在社会里的一个平常人，可是我不是。它选择了我，我也选择了它，这是上天注定的。因为很多事情和想不想无关，这都是注定的。

当医生告诉我，我只有一个月的时间可以活的时候，我不觉得害怕，只是脑子一片空白。我不知道其他人听到这样的消息会怎么想、怎么做，而我只是静静地接受了这个现实。如果有人问我接下来的这一个月打算怎么过，我会说不知道。一个将死的人还能做些什么呢？

回到家里我没有开灯，在这熟悉的黑暗中，我突然有了种前所未有的恐惧。我不知道怕什么，我只是害怕，害怕所有的一切，也许我更怕的是这里所有的一切不再属于我。在那一刻我哭了，哭得像个孩子！现在想来我是那么的丢人，那么的没有出息。可那就是我，那是真真实实的我，不像现在的我，虽然活着，却不知道活着为什么，更不知道做这所有的一切为了什么。

……

看着这些文字，林凡好像进入了另一个世界，那个世界里没有林凡……

我原来听人说过，当一个人对神佛有所求的时候，才会信神佛。原来我不相信神佛，现在我相信了。我不知道我要向神佛求什么，也许是想让他在这最后的日子能给我一些平静，也许我更希望的是他能为我创造奇迹……

当我第一次去到清云庵的时候，我的心醉了。我还不知道在这里会有这样美丽的地方。那里的山，那里的水，美得能让人忘了一切。想想原来我为世俗而拼命地活着，是那么的无趣，我还不及这里的一块石头、一滴山泉过得自在，活得幸福。活了四十年，我才发现，人和山水之间的那一份通灵、那一份感怀。

庵里的觉静住持告诉我，山后灵塔的石头可以给人带来吉祥与平安。我来到后山，看到了那里的灵石。人的情感有时候是很奇妙的，当我第一次看到灵石的时候，我感到了从未有过的亲切，拿着这灵石，我感觉它是属于我的。可现在想来原来它并不是属于我，而应该是我属于它，只是当时我并不知道而已。

在庵里我看到了她，不知道怎么的，我觉得我认识她。也许前生就认识，也许……她只在我面前匆匆地一过，轻轻地一笑……却让我无法忘怀。她是尼姑我知道，可这种感觉不是爱情，不是亲情，是什么呢，那个时候我想了很久都没有明白过来，现在想来原来那份感觉是注定。那次的相见注定了我的命运，也注定了她的。现在我还会想起她，想起她的笑，想起那鲜红的血。

如果人是靠梦活着的话，那我现在就是这样。可这个梦我不知道是真的还是假的，很多时候我分不清，我是活在梦里面，还是活在现实中，我越来越左右不了自己，左右不了自己的梦，左右不了自己的人生。如果真的能再选择一次的话，我宁愿像医生所说的那样，一个月后平静地死去，而不像现在活得鬼不像鬼，人不像人……

我仍记得那天从清云庵回来，我把那块灵石轻轻地放在我的枕边，轻得就像放下了我的生命。那一晚我做了一个梦，在那个梦里我分不清自我，醒来后我依然分不清自我，最终我迷失在那个梦里，不能自拔。我到现在仍不知道是那个梦救了我，还是那个梦害了我，害了别人。

一个月后，我没有死去，没有像医生所说的那样死去。检查后医生告诉我，我的癌细胞消失了，他说我是一个奇迹，一个前所未有的奇迹。医生那张莫名的脸我还记得，他对我没有死这件事是这样的好奇，好奇得就像我这种人本来就应该死掉一样。我却没有听他的感叹，我脑子里想的却是那个梦，那个萦绕我许久，直到我死也不会忘了的梦。

今天我坐在窗前画画，可是我坐在那里很久，却不知道画什么。那张没有脸的头像，我越看越像我自己，我不知道我该怎么画下去。我转过头看到了镜子里的我。可我觉得那个我却不再是我。我分不清到底镜子里的我真实一些，还是坐在画板前的我更真实一些，还是那个画纸上没有脸的头像更真实一些。看着镜子里的我，我流泪了，他也流泪了。我似乎听到他在说："这都是注定的，你是属于它的！"

回到家里我吐了，今天一天我都没有吃东西，不停地在吐。不知道为什么，我的脑子里全是她的样子，全是那红得不能再红的血，红得让我害怕。我不知道我哪来的勇气能待在那个屋子那么长的时间。我杀了人，杀了一个我不认识的可怜人。可是镜子里的人告诉我，不是我的错，因为不仅是我选择了她，也是她选择了我，这是命。可是我不相信，我想砸了那该死的镜子，可是镜子里的他却还在笑着。

我又一次在一个女人的背上画画，我知道我要画什么，可我现在却不知道为什么要那么做。可画的时候，我的心静得像没有波浪的湖水一样。我现在真的分不清，到底哪个才是我自己，是杀人时候的那个我，是在呕吐的那个我，是跪在灵石边的我，还是坐在这里写着日记的我。今天灵石又对我说话了，它说这是命中注定，这是召唤。我流着泪对它述说着我的痛苦，可是它没有再说话。

上楼的时候，我害怕极了，因为那里有监控录像。他们会抓住我，我害怕。可是又有一个声音说，不要怕，不要怕。她看到我来了，竟然很开心，笑得是那么的甜，甜得让我心醉，我抱着她哭了，这是我第一次在杀人的时候哭，我不知道为什么会那么伤心。她的血在流着，身体慢慢变得冰冷……我流着泪帮她梳好头，画好画。我告诉她，到了另外一个世界就好了，那里有你的姐妹，也有你的幸福，而我的幸福呢？难道就是这样吗？不！

警察现在一定在找我，这个我知道，可我不害怕。警察现在一定很恨我，这个我也知道，可是我也不害怕。因为我需要有人见证我所做的一切，因为我要他们知道这一切并不是我自己要做的，这是安排，是命运！可我这样做，只是想让他们抓住我，我知道自己根本不可能停下来，我想过停下来，可是我做不到。有一个声音，不，几个声音在召唤我。看着镜子里的他，我求他，我求他停下来，可是他嘲笑我。他告诉我那个梦，在那个梦里我的承诺，我答应的事，就一定要做到。

三年的时间，整整三年，我为那个誓言准备了三年。我终于找到了她们，她们也终于找到了我，那一晚我睡得很香，那一晚我又梦到了灵石，它和我说了好多的话，多得我一句也记不起来。我多想记住它说的一些话，可是我没有。

再一次来到清云庵的时候，那里的一切好像都没有变，我知道他们都在等我，我也在等着这一刻。我又一次看到了她，她还是那样，静静地，静静地在等着我。在我帮她穿好衣服的那一刻，我又一次流泪了。我拼命地打着自己的耳光，我想打掉我的懦弱。

回到家里我使劲地吐着，吐出了血。可当我对着镜子里的我时，我却笑了，笑出了眼泪。

警察看来并不是那么的没用，他们似乎已经猜到了我给的暗示。在花店的周围我看到了警察模样的人，可我一点也不觉得害怕，我甚至觉得太有意思了。在那里我没有动手的机会，可是他们不知道我还有我的袭人，她现在正等着我。

走的时候，我回头看了看她，看了看这一屋子的花，花香袭人，我告诉她，她可以开心地去了，在那里有她最亲爱的人，她一直想跟随的人，那里有多情的公子……

林凡越看越激动，索性把记事本扔了，他使劲抓着自己的头发，"不能再看，这是他的诡计！"

过了一会儿，林凡还是拿起了记事本，他再一次慢慢地看着这无名氏的日记，他的眼睛闪起了兴奋的光彩……林凡合上记事本，自言自语地说："你的日记我收到了，你骗不了我！"

21. 巢穴

可这真的是凶手的诡计吗？

林凡愣愣地看着这奇怪的日记。鲜红的"开始"两个字还在上面。林凡又再一次拿起日记。他不再看前面的内容，而是翻到最后一页。日记上这样写着："我知道你会找到我、知道我是谁，事情总有结束的一天，虽然我不知道会是哪一天。"

林凡又往前翻了一页，上面这样写道：

今天我终于把那面镜子给砸了。我茫茫然感觉不到一点快感。他折磨了我那么久，我却没有一点的快感。总会结束的，虽然我不知道是哪一天。今天我决定把这本日记给林凡看，我不知道这是为什么，也许在清云庵灵塔边，我看到他的样子，看到他的神情的时候，我总觉得他和我是同一种人。

我知道他终会知道我是谁，不过不要紧，趁我还清醒的时候，我一定要把这东西给他，让他抓到我，让他来结束这一切，结束我的痛苦，也结束别人的痛苦。

可我不能让他抓住我，我还有事情没做完，我不能！不能！

……

接着下面是被笔划破的痕迹，看样子是因为写字用力过猛把纸划破了。

林凡放下记事本，发现包裹里还有其他东西，包裹里还有一张字条，上面写着：林凡，你的时间不多了，我的时间也不多了。

看着这张字条，林凡默默地念道："时间不多，时间不多！"林凡想着笑了，"让我们看看是谁的时间不多吧！"

林凡拿起记事本就冲出了门，连门也忘了关。

到了警察局，林凡把记事本递给任飞，"给你一样好东西！"

任飞接过记事本，"什么东西，神神秘秘的？"

任飞打开记事本，刚看前面的内容，便惊讶地抬起头看着林凡，"你这是从哪里弄到的？你可不要告诉我，这一次你又是从书店买来的？"

林凡笑着说："有人自动送上门的。"

任飞问："这个时候凶手还敢亲自来找你？"

林凡说："有什么不可能的？"

任飞问："他为什么要这样做？把这记事本给你，而不是给我们？"

林凡说："谁知道呢，这个问题只能问凶手。"

任飞仍不相信地问道："你真不知道，一点想法都没有？"

林凡说："如果我对什么事都有想法，那会把脑子想疯的，如果我什么都知道，那我就是神仙了。"

任飞却不太相信林凡的话，他从林凡说话的语气里感觉到了一些奇怪的东西。可是这种奇怪的东西，他自己也不明白是什么。

这本记事本交到了刘局长的手里，林凡对刘局长说："我只是大约看了一下里面的内容，从内容看，有一条很重要的线索，那就是凶手曾经得过很重的病，上面写了他当时只有一个月的命，但却离奇地好了。信上面还有一个时间线索就是三年前，我想通过'三年前'、'一个只有一个月的命又离奇痊愈的病人'这两条线索应该可以在医院里查到这个人的信息，这样的人一定不会多，医生也一定不会忘记。"

刘局长立即派人分头行动，对市里的每一家医院进行详细调查。任飞和林凡也出发了，他们去的第一家医院是"康复"医院。这是市里最有名的专门治疗癌症的医院。他们向医生一提起这事，立即得到了重要的信息。

"康复"医院的孙院长对他们说，三年前在他们医院发生了一个很奇怪的案例。有一位患者因为头痛得厉害，来他们医院做检查。检查的结果是这位患者已经是脑癌晚期，只有一两个月的生命。可是让他没想到的是，过了一个月这个人再来检查的时候，却检查不到这位患者脑里面的癌细胞了，当时他们院里的医生都说这是奇迹。那位患者从那次检查以后，就再也没有出现过。

听孙院长说到这里任飞和林凡互相看了看。

林凡问孙院长："现在那位患者的资料还在吗？"

"在的。"孙院长赶紧到档案室把这名患者的档案找了出来。孙院长还说，"也真是怪，这个人从来没有在我们医院拿过药，他自己也说没有吃过药，本来是放弃治疗了的，可却突然好了，后来我们还试着联系他，想对他的肌体做详细的研究，可是再没有联系上。"

林凡翻开档案，上面这样写着：

贾故实，男，35岁，经过检查确定患恶性脑癌，无法手术。

档案上还登记着贾故实的身份证号码等信息，查到这个人的名字和身份证号对于破案来说，是再好不过的直接线索了。

得到了这个线索，任飞和林凡立即赶回了警局，他们把贾故实的相关资料全都调出来。幸运的是，在资料里找到了贾故实的居住地址，林凡和任飞立即带队前往贾故实的住处。

看样子贾故实是有钱人，他住在城郊的别墅区。在开着车，任飞问林凡："你觉不觉得这些都来得太容易了？"

林凡也有这样的感觉，凶手突然把日记给了自己，现在又这么容易地就找到了嫌疑人的住址，这一切都来得太突然了，难道凶手真的是像日记里所说的那样，控制不了自己，想被警方抓住？

到了贾故实的住处，为了慎重起见任飞让队员把附近的街道都封锁了，这一次他希望能有个结果，而不是白跑一趟。他们装备齐全地强行进入了屋子，把整个屋子都翻遍了却没有发现一个人。

这是一栋只有两层的别墅，房子面积很大，后面还有一个小花园，花园里种满了繁盛花草。整个房子的环境看起来幽静舒适，房间里的家具摆放得也很整齐。

林凡在客厅里转着，他用手摸了摸桌子，发现桌子上有一层薄薄的灰尘。房子里的家具和装饰颜色都显得很肃穆，能让人感觉到这个屋子的主人是一个很严谨的人。可是这个屋子也给了林凡一种冷冰冰的感觉，本来像这样的豪宅应该是很多人所向往拥有的，可是站在这样的房子里，却没有让林凡感觉到生活的一点生气。

二楼的主卧室的窗边放着一个画架，画架的画纸上还画着一个人头画像，只是这张人头画像没有画人的五官。墙上的镜子已经破了，应该是被人用东西砸碎的。看着眼前的这一切，林凡又想起了那本记事本里的话……林凡似乎能看到那个人站在镜子前和自己说话的情景……画纸上那幅没有脸的人头画像，好像默默地在对看着它的人诉说着些什么。

房子里除了家具上有些灰尘外，其他的东西都摆放得很好，除了那面被砸碎了的镜子。林凡走到窗前，看到了楼下的花园。花园里的花草长得很好，显得生机勃勃。可是那花园仿佛是另外一个世界，和房子里的世界完全不同。虽然它们之间只隔了一扇窗户，却似乎永远不能融到一起。一边是生机勃勃，一边却是……

任飞走到林凡身边说："看样子这房子很久都没有人住过了。"

林凡说："发现什么特别的地方吗？"

任飞摇了摇头说："没有什么发现，都是些平时生活用的东西。"

林凡说："凶手要我们来这里，不可能就是为了让我们看这些的。"

任飞说："那你的意思是？"

林凡笑笑说："有钱人，总要找个地方把好东西藏起来，像他这样的人一定也会找个地方藏东西。"

其实任飞也想到了，可是他刚才在这楼上楼下没找到什么隔间或者是暗室。

林凡说："刚才我大约看了一下，根据这个房子的结构，应该不会有什么暗室。但别墅一般都建有地下室。"

两个人一起来到楼下的花园，经过仔细的探察后，果然找到了地下室的入口。

撬开地下室的门，里面黑漆漆的，犹如一个巨大的黑洞。任飞看了看林凡，打开手电筒第一个往里走。由于刚从外面走进来，任飞的眼睛还没有适应这里的黑暗，手电只能照到一米外的地方，留下一个小小的光晕。任飞刚走到地下室里，灯突然亮了。他猛地回过头，只见林凡笑着对他说："有灯，总比用手电要好些。"

刚才灯一亮把任飞吓了一跳，因为他总觉得这地下室里应该有什么诡异，可是等他们进来后发现这只是一个很平常的地下室。地下室里放着很多杂物，有种花草的工具，还有一些杂七杂八的废旧生活用品，看上去没有什么特别的。林凡走到桌边摸了摸桌子，上面也有一层薄薄的灰尘。虽然这个地下室是用来放杂物的，可是每样东西都放得很整齐，让人看上去觉得一点也不杂乱。

任飞觉得有些失望。他问林凡："你找到什么没有？"

林凡说："还没有。"

任飞说："不会是凶手把东西都转移了吧，要不他另外有地方，这里应该很久没人住了。"

林凡说："有可能。"虽然这样说着，可是他的眼睛却一眨不眨，似乎在找些什么。

任飞看着林凡问："怎么，你觉得有问题？"

林凡没有回答任飞。这个地下室面积不是很大，再加上柜子和货架，这个地下室的空地已经所剩无几。林凡在地下室里转了一圈，用指头比了比方向，朝一个货架走了过去。这个货架差不多有一米多宽，二米多高，旁边放着一个木桶，里面还有一些工具。林凡把桶挪出来，他发现地板上和墙角有一些磨损的痕迹。

林凡试着将这个货架移动，但货架只晃了晃并没有被林凡移动。林凡走到货架的右边，这里放着几个种花用的陶盘。林凡把陶盘移开，发现这个货架右下角有一个铁栓把货架固定在了墙上。林凡把这个铁栓抽出来，轻轻地往左边一推。货架动了，后面出现了一道门。

任飞惊喜地推了推林凡，"你小子怎么知道这里会有暗室的？"

林凡笑着说："我猜的。"

"那你怎么会猜到呢？"

林凡指了指地下室的入口，"你看，这个地下室是在房子的正下方。房子对面是马路，如果有暗室应该不会建在马路下面吧。按这个地下室的面积看，如果有暗室应该是在花园的下面，还有，你看这个货架摆得也奇怪。"

任飞看了看，觉得也没什么好奇怪的，"怎么我看不出来？"

林凡指着货柜说："你看，其他两面墙的柜子都是顶着墙摆的而且把整面墙都占了。这个柜子占不了整面墙，按习惯来说，如果我们来摆应该把它顶到那边的墙头，靠门的地方就可以多留点位置好进出，奇怪的是这个柜子却放在顶着入口的地方。"

任飞听了笑着说："你的观察还真细致。"

进了暗室，他们找了半天才把灯的开关找到。等他们借着灯光看清这个暗室的时候都呆住了。因为这个暗室不再像刚才进来的地下室摆放得那么整齐，这个暗室里面可以说是乱得一团糟，墙上、桌上、地上到处都是画纸，画纸上画着各种各样的东西，但大多数都是人头画像，只是这些人头画像上都没有画脸。在这昏暗的灯光下，这些奇形怪状的人头画像反射着暗黄的光，让人看着起了一身鸡皮疙瘩。无论走到房间的哪个角落，这些人头画像的脸似乎总在对着你，总在看着你，让你不知道该往哪里躲，也无处可躲。由于房间里的空气长年都不怎么流通，那味道闻了让人说不出的难受。房间的墙上还挂着一面镜子，不过已经被打碎了。

看着这里的一切，任飞想起刚才看过的那些房间，简直一个是天堂一个是地狱。任飞心里暗暗地想：这里住的到底是一个什么样的人？

除了这些画，他们还看到了血。只是这些血不是鲜红的，而是暗红色。被打碎的镜子上有，桌子上有，地上也有……

林凡看着这些画，其中有一幅画吸引了他的注意。那是一幅素描。上面有一个被过分拉长的像人形样的东西，人形的旁边是一间破烂的屋子，屋子旁画了一棵奇形怪状的枯树，下边的画纸都已经被用力画烂了……整幅画只有这三样东西。

其他的画有很多根本看不出来到底画的是什么，看着这些画，林凡又想起了那本记事本里的话……

暗室的桌子上杂乱地放着很多东西，有画笔，有纸，还有一把小刀。林凡用纸包着刀把它拿起来，发现刀锋还沾着血迹，血已经是暗黑色的了。看得出这是一把手术刀，非常锋利。

任飞问："这刀会不会是凶手杀人时用的？"

林凡说："也许凶手也用这刀伤害过自己。"

听着林凡的话，任飞不由得打了个寒战。任飞说："你快把刀放下，你拿着刀的样子，很可怕。"

林凡听话地把刀放下，笑着说："你怎么突然变得这么胆小，这可不像你呀。"

任飞说："不是我胆小，是你这副德性让人受不了，要是录下来，你看了估计会被自己吓个半死。"

林凡把桌上的画纸拨开，发现桌子上面写着一排暗红的数字：959595！

"这凶手又在搞什么名堂?"任飞看着桌上的数字说。

林凡摸了摸桌上的数字说："你看这些数字上面也有灰尘。"任飞也伸手摸了摸，说，"看来这些数字是凶手很久以前写的，并不是最近留下来的。"

外面传来陈小东的叫声："任队长！任队长！"一定是发现了什么，林凡和任飞赶紧走了出去。

陈小东对任飞说："我们在房间里发现了一个暗格，里面有一个保险箱。"

说着，陈小东带着任飞他们上了二楼的卧室。在打碎的镜框的后面墙里真有一个暗格和保险箱。

可是这保险箱有密码，开不了。大家的眼睛都不约而同地往林凡这边看。

林凡走过去，想也没想伸手就输入"959595"这几个数字，保险箱却没有像大家期望的那样被打开。大家有些失望，林凡站在保险箱前，自言自语地说："看来还得有钥匙才行。"说着他回过头，盯着对面墙上的一幅大油画。油画里画的是一个个人的各种表情。油画的下面就是大床。林凡走过去鞋都没脱直接就踩到床上，到油画边，在画后面摸索了一会儿。良久，林凡转过身来，大家看到他的手上多了一把钥匙。

保险柜有了钥匙，有了密码一下就被打开了。可是大家都不敢相信林凡是怎么知道密码和钥匙放在哪的。因为他们是和林凡一起来到这里的，林凡不可能比他们对这里的情况知道的更多一些，但是林凡开这个保险柜的样子，就像开自己家里的保险柜一样，大家看得眼珠子都快掉到地上了。

保险柜里只有一封信。信上是这样写的：你找到了我，我也终于找到了你，这是我们的选择。信的下面写着"顽石"两个字。

任飞说："这会是凶手什么时候留下的?"

林凡说："谁知道呢？"

话刚说完，林凡拔腿就往外跑，"任飞，快跟我来！"

林凡的这个举动，把在场的每一个人都弄懵了。任飞也不知道发生了什么事，他只有跟着林凡跑，其他的警察也跟着跑。

任飞跟着林凡一路又跑回到地下室的暗室里。等任飞进了暗室，看见林凡正对着暗室里的那面被打碎的镜子发呆。任飞慢慢地走过去，往镜子里看了看，他看到了林凡和自己在镜子里变了形的脸……

可也就是在看到林凡的脸的那一刻，任飞不由自主地抖了一下。他现在真分不清林凡是真的有病还是正常人。

林凡走到镜子边，把镜子拿了下来。可镜子背面的墙上什么也没有。林凡看着镜子慢慢地转过来，镜子的背面正好对着任飞，任飞一看吓得倒退了两步……

林凡慢慢把镜子放下来，露出了他的脸。他看着任飞，"你看到了什么？"

看着林凡的神情，任飞额头上的冷汗都流下来了。他不敢相信林凡在这个时候会有这样的表情。其实刚才任飞没有看到什么可怕的东西，那被打碎的镜子后面，却还有另外的一面镜子，任飞只是从那面镜子里看到了自己的脸，看到了自己那张在昏黄的灯光下异样的脸……可也就是看到了自己的脸，任飞吓得退了几步……

陈小东这个时候正站在门口，所发生的事他都看到了。他吞吞吐吐地说："凡哥！你……"

林凡慢慢地把镜子转过来，看着那面镜子后面的镜子，看着自己在镜子里的脸……林凡却笑了……

22. 鬼影

任飞开着车，脑子里还重现着刚才在暗室里所看到的情景，他转过头看了看身边的林凡。这个时候林凡已经变回了原来的那个林凡，一脸的满不在乎，吊儿郎当样。

任飞说："你刚才那个样子快把我给吓死了！"

林凡笑着说："我看你不能干警察这个职业，胆子太小了。"

任飞说："你是不是中邪了，还是中了那凶手的毒了？"

林凡说："都有一点。"

任飞说："对了，那保险箱的密码你是怎么知道的，你怎么知道钥匙在那里？"

林凡说："密码不是写在桌子上了？你也看到了。"

任飞说："你怎么就能肯定那是密码？"

林凡说："不能肯定，但总要试过了才知道，可能是我运气好吧。"

任飞说："那钥匙呢？"

林凡说："记不记得那面镜子？"

任飞说："记得，可能以后都很难忘。"

林凡说："就是那面镜子告诉我的。"

任飞说："我看你是得了神经病！"

林凡说："你还记得不记得那油画上画的东西？"

任飞说："是人脸。"

林凡说："就是那人脸告诉我的。"

任飞说："我还是不明白。"

林凡笑了笑。不再说话了……

沉默了一会儿，任飞说："你说凶手搞这么多名堂是为了什么？"

林凡叹了口气说："你不应该问我这个问题，你应该去问凶手。"

任飞说："要是我现在可以捉住那个混蛋，我还用得着在你这浪费时间吗？"

林凡说："我还有一个办法，让你知道答案。"

任飞说："是什么，快说！"

林凡说："你回家对着镜子，问这个问题时，你就会有答案了！"

林凡的话让任飞又想起了刚才他在镜子里看到的自己的脸。任飞看

了看林凡，他似乎有些明白林凡的意思了。

林凡说："告诉你，我有种感觉，凶手很快就会出现，而且你很快就能捉到他。"

任飞不相信林凡的话，"真的假的？你有什么根据？"

林凡说："假作真时真亦假，无为有处有还无啊。"

这是《红楼梦》里的那首诗。这首诗加上这个案子，加上所有任飞看到的情景，这诗已经不再是《红楼梦》里的那首诗。这诗的意味变得如此的怪异。现在任飞再读这诗和原来看这首诗时已经是完全不同的心情。这种心情是什么呢？是恨？是怨？是悲？任飞没好气地说："你要去看医生，总有一天你会发疯的！"

林凡说："疯不疯先不管，现在我们只要把那些所谓十二金钗的其他几位保护好就行了。"

任飞说："你的意思是，凶手会自动送上门，在明知道会被抓的情况下？"

林凡说："你知道原来我们为什么抓不到他吗？"

任飞说："为什么？"

林凡说："因为他不是个疯子，却装得像个疯子，他所做的事就是想把自己搞得像疯子一样！凶手这两天应该就会动手。"

任飞说："我真想早点抓住那小子！"

林凡说："你觉得受不了，可还有人比你更觉得受不了。"

任飞说："那个人不会是你吧？"

林凡说："不是，是一个你最想见到的人。"

……

暗地里保护王凤母女的警员也都快疯了，因为不知道凶手什么时候会动手，他们只得一天二十四小时监视着。还好的是可以轮班休息，可是这种长期的压力和精神紧张让大家的体力和精力都大打折扣。

由于知道了凶手的确切信息，局里向外界发了通缉令，对贾故实可能藏身的地点和所认识的人都进行了调查。

原来贾故实的父母很早就过世了，是外婆把他带大的。为了贴补家用，他很小就出去干活了。他做过很多的苦活累活，修过锁，当过泥瓦工……现在已经没有亲人，贾故实曾经结过婚，但结婚三年就与妻子离婚，一直没有再娶。与妻子离婚后，贾故实开始自己创业，做过一些生意，但是这些生意都不怎么成功，他曾经一度很颓废。后来贾故实再次从泥瓦工做起，当了包工头，慢慢地发了大财。可是让他的朋友没想到的是，突然有一天他把公司解散了，人也不知去向。

让任飞他们没想到的是，在贾故实住处的卧室里搜查出了一个摄像头。当他们在卧室里搜查，开保险柜的时候，这个摄像头还是开着的。这个消息让任飞气炸了肺。任飞知道很可能他们在那里的一举一动都被凶手看在了眼里。任飞马上让人根据摄像头连线查出摄像头那端连向哪里。十五分钟后，查的人反馈说在贾故实住处对面的小区的一套二居室内，但当他们赶到那里的时候，早已人去楼空，任飞他们再一次无功而返。

林凡却显得不是很在意，觉得就算是被凶手看到了也不要紧。因为这一切都是凶手故意留给他们看的，既然都是凶手留下的，那让他看到这些情况并没有什么。

任飞和林凡来到负责监视王凤母女的地方。因为王凤的家住在小区的三楼，办案的警员就在她家的对面征用了一间屋子来监视王凤的情况。在王凤的楼下也有人二十四小时轮流蹲点监控。

林凡进屋看到这些人的脸就知道他们受了不少的苦。长时间的吃不好，睡不好，人的精神自然不会好到哪里去。任飞一直说他就要疯了，以林凡看最先疯的应该是这些第一线的警员。

在这里他看到了周清，她是自愿申请来这里的。几天没见，她脸上的那份光彩已经不见了，不过她看到林凡出现的时候，眼睛里又有了神采。

可让林凡没想到的事，周清问他的第一句话，竟然是问上次在楼道他给钱秀男下跪的事，这让林凡哭笑不得。

不过林凡到哪里，都会是一个热闹的地方。林凡一来就和大家开起了玩笑，逗得大家笑声不断，这让这些长时间精神紧张的警员们，精神一下振奋了不少。趁大家精神上都好了些，林凡自掏腰包，到附近超市买了许多吃的回来犒劳大家。本来这种事情应该是任飞做的，林凡却把这事给做了。看着大家围着林凡的样子，任飞气得想揍人。不过林凡也不是那种没有分寸的人，调整了大家的情绪后，林凡就告诉他们，凶手很可能就在最近几天要行动，这个时候大家更要注意，要不然就前功尽弃了。这话本应该是任飞这个当领导说的，却又被林凡给占了先，不过任飞并没有生气。他反倒觉得这个时候这话由林凡来说，可能更有用。

晚上大家各自在事先布置好的位子上开始严阵以待。像这样的等待是最耗神的，因为你不知道什么时候会出现情况，你只有时刻保持高度的注意，而一个人的精力是有限的，一时半会儿还好些，时间长了谁也受不了。

林凡和任飞坐在窗边抽着烟，时不时地往王凤住的地方看看，林凡一脸神情自若的样子。

任飞看着心里就来气，"自从上次从凶手住的地方回来后，我就发现你不对劲了。"

"什么不对劲？"

任飞说："好像这个案子和你没了关系，天天一副欠揍的样子。"

林凡笑着说："那你要我怎么样，难道像你绷得像发条一样才有用？"

任飞说："刚开始接触这个案子时，你小子是想查清案子，捉到凶手的。可是你现在一副死猪不怕开水烫的样子，让我受不了！"

林凡说："越是在这样的时候，越要放松知道不？原来紧张是因为线索少，时间紧迫，而现在不必了。"

外面无边的黑暗中，闪着点点的城市灯火。这些灯火照亮着人们来去的路，让人们能在这无边的黑暗里感受到一丝温暖。有人会在这黑暗里感到孤独，有人会在这黑暗里迷失，可是更多的人会在这黑暗中去温暖别人，也给自己带来温暖……看着窗外的灯火，任飞不由得叹了口气。他不明白最近这段时间，自己怎么会这样多愁善感起来。

对于任飞这种伤感与柔情，林凡感受不到。人和人之间就是这样，你所想的我百思不得其解，我所想的，你也一无所知。也许就是因为这些，才有了世间这么多的爱与恨，情与仇……林凡说："按你以前的办案经验，在已经锁定了目标嫌疑人的情况下，这样的案子破得快不快？"

任飞说："那是以前，这次的情况不同。"

林凡说："有什么不同，我看都一样。"

任飞说："你说凶手会不会已经跑了？"

林凡说："如果他真要跑，他就不会给我记事本，像他那样的人，是不可能逃跑的，你就等着抓他吧。"

任飞说："我到现在还是不明白他为什么要给你记事本。"

林凡说："你真的想听我说？"

任飞说："有话就说，有屁就放。"

林凡说："凶手给我记事本无非有两种可能，一是就像他说的那样自己控制不了自己的疯，二是装疯！"

任飞说："什么装疯，你觉得这样的人会装疯？"

林凡说："怎么不可能装疯，是人都可以装疯。"说着林凡站起来，伸了个懒腰，他看了看表，已经是晚上十二点多了。他拿起望远镜往王凤的屋子方向看了看。几秒钟过后，林凡扔了手里的望远镜拔腿就往外跑，"快，可能出事了。屋顶有人！"

任飞忙拿起手里的对话机大喊："屋顶有可疑人物出现，立刻行动！"说着他对身边的人喊："周清留下，一有消息就报告。其他人都跟我来！"

由于离王凤的住处很近，没两分钟他们就赶到了王凤家的门口。王凤家的铁门是关着的，里面静悄悄的没有一点声音。任飞留下了两个人保护王凤，带着其他人冲上了屋顶。

任飞一上到屋顶，就看到林凡已经站在那里。今天晚上没有月亮，天空很暗，但城市里的灯火还是提供了一些光线。林凡尽量借着微弱的光线四处搜寻着，突然他拔腿往东南方向跑去。任飞顺着林凡跑的方向一看，看到在另外一栋楼房的天台上有一道黑影！这道黑影就像这无边的黑暗里的一道鬼影一样飘忽，虽然任飞看到这"鬼影"也就是那么一瞬间，可也就是这一瞬间让任飞全身来了力气，他知道这一次很可能就是他最后一次机会，如果这次让凶手跑掉了，凶手就很可能会消失在这茫茫人海之中，再想找就难了。

这些楼房之间是有些距离的，任飞很难想象这个凶手竟然有这么大的本事，能跳过这么远的距离。附近这三栋楼房比较近，除了这三栋房子，要想跳到另外一栋楼房的天台是不可能的。等任飞冲到天台旁边的时候，那黑影和林凡都消失了。任飞再往楼下一看，林凡正在楼下顺着东北方向追了过去。任飞忙拿着对讲机喊："发现凶犯，正朝着前进一路东北方向逃窜，王凤家的人不动。其他人给我追！"

说完任飞低头一看，原来在天台的铁栏杆上绑着一根绳子。难怪追到这里林凡和那黑影就不见了。任飞想都没想就顺着绳子往下滑。等任飞下了楼，只看到林凡掉的对讲机，林凡早已经没了影子。这时候已经有警员追到了这里。任飞带着他们拔腿就往林凡跑的方向追了过去。

而这个时候，林凡正盯着那黑影在拼命追赶。让林凡没想到的是那黑影对周围的环境是这样的熟悉，体力这样好。如果不是林凡的身体素质好，早被他甩掉了。林凡边跑边往身上摸，他想找对讲机，通知任飞他们。尽管没有回头看，但听脚步声，林凡知道任飞他们并没有追上来，可是林凡在身上没找到对讲机。

那黑影三折两拐，瞬间在黑夜里消失了。这个时候林凡并没有顺着这条路追下去，他停了下来，调整自己的呼吸，这个时候从不远处传来了一阵狗叫声，刚好为林凡提供了线索，林凡立即朝着狗叫的方向跑了过去……

23. 追捕

等任飞带着人跑过来的时候，哪里还能找得到林凡的影子，任飞急得直跺脚。正在这个时候，远处传来一阵狗叫声。肯定在那边！任飞立即带着人往狗叫的方向冲了过去。任飞知道这个时候等局里的人来增援已经来不及了，他只有靠林凡，靠自己和身边的这些人。

林凡的脑子里一直在想，凶手会往哪个方向逃。他的脑子里在搜索着所能记得的这附近的大概情况。对这里的环境林凡不可能像凶手那样了解，他只能凭着记忆去寻找。

他会不会把车停在这附近呢？不，这不可能，凶手的车牌都被监控了，他不敢用自己的车。这个时候他也不敢借别人的车用，如果这个时候凶手在路上随便拦部的士，那是没办法追了。

林凡跑出了家属区，来到了前进路上。这是附近的主干道，因为时间比较晚，路上的车很少了。林凡走在前进路上，仔细地搜寻着，路两边都是铁栏杆，不远的地方是一个十字路口，林凡想也没想就朝十字路口的方向跑了过去。

任飞现在就像没头的苍蝇，到处乱撞，可是在这样的黑夜又到哪里去找那个黑影。此时任飞急得都快发了疯，他相信以林凡的身手，那凶手是不可能会跑得掉的。可怕就怕在，林凡和他一样没追到凶手，在城区里凶手的逃跑方式太多了，如果这里是荒郊野外还好找些。

等林凡跑到十字路口的时候，他远远地看到有一个人站在红绿灯下。林凡慢慢地走过去，他的脑子里正在把这个人和录像里的人比对着。这个时候那个人正好转过头往林凡这边的方向看。就在他们目光相交的一刹那，林凡有一种奇怪的感觉，林凡觉得他认识这个不远处站着的陌生人。

林凡往前走了几步，他紧紧地盯着这个人，慢慢地调整自己的呼吸。而这个人自从把头转过来后，他的目光就没有离开林凡。他俩就这样对望着，而就在这时人行道上的红灯变成了绿灯。

人与人之间的距离是奇妙的，有时候相隔咫尺却感觉相距万里，有时候相距万里却感觉就在身边。现在林凡和这个人之间的距离很奇妙，奇妙到他不会跑，而林凡也不会追。似乎他们现在唯一能做的事就是这样看着，等着。可是林凡不急，他知道他等得起，而这个陌生人等不起。

林凡下意识地摸了摸腰间，其实林凡是从来不带枪的，他毕竟不是警察。但此刻他倒希望身边有枪，那样这个人就根本不可能从他手里跑掉了。在这样的距离下，这样的灯光下，林凡自信能够打中他。可就是在林凡把手伸向腰间的时候，那个人却行动了。

只见那个人也往自己的腰间摸去，林凡暗叫一声不好，林凡不能再等了，他直往那个人冲去。如果这个人真有枪，那么对于林凡来说后果是很严重的，他很有可能把命留在这里。可是这个时候林凡却没有考虑这些，无论怎么样，他这一次都不能让这个凶手从他的眼皮子底下跑掉。

可那陌生人却没有拿出枪来，而是往街对面跑去。这个时候人行道的指示灯转为了红灯。现在路上的车虽然不多，可是车速非常的快。他这突然往路上跑，立刻引来一阵刺耳的喇叭声，可是他并没有停下来，而是不顾一切地冲过了马路，林凡现在明白原来刚才凶手就是在等这个时候。

正在林凡往凶手跑的方向追的时候，他听到了一阵刺耳的刹车声和喇叭声，接着他就感觉自己飞了起来……

夜深人静的时候，这刺耳的喇叭声和刹车声，显得那么突出。任飞正没头没脑地找着，突然听到了这个声音。还没等他开口命令，他身边的人已经往那个方向奔去了。从刹车的声音判断，他们都知道能有这样车速的道路，这附近只有一条。

等他们冲到前进路上的时候，发现在十字路口已经停了几辆车，车旁边站着几个人。任飞也不管这到底是一场平常的交通事故还是和这案子有关，他带着人直往这边赶。

等他们跑到事故现场的时候，看到有一个人已经倒在血泊之中，周围站着几个人在议论着，由于前车紧急刹车，后面几辆车都撞到了一起。有人正拿着手机打电话，任飞走过去就问："发生了什么事？我是警察！"

一听警察来了，一个中年男子走过来，"警察同志，你来了就好了，今天不知道是倒了什么霉了，撞到个不要命的！明明是红灯，他偏要突然横过马路，我来不及刹车就撞上了，你看看弄得后面几辆车都跟着倒了霉。我说的可都是实话，不信你问他们，你可要为我做主！我的车才刚买不到一个月，这可倒霉到家了！"

任飞觉得头痛，搞来搞去还真是一场普通事故。可是遇到了又不能不管，他对身边的陈小东说："你去看一下，叫交警队的同志来。"说着带着人就往回走，可任飞他们还没走出几步，陈小东就在那边喊开了，"任队长，快回来，出事了！"

任飞一听就来了精神，难道真是老天有眼，这次被撞倒的是凶手？可等任飞走到被撞的人面前，他差点没昏过去。虽然被撞的人一脸的血，可是他还是认出了这个人。这个人就是化成灰他也能认出来的林凡。原来被撞的不是凶手，而是他的好朋友林凡。

任飞冲过去大叫："林凡！你小子怎么样了？"只见林凡满头满脸的血，和死了没有什么区别。站在一边刚才还和任飞说话的那个中年人，脸都白了。他刚才认为是自己倒霉撞了人，没想到这一次他撞的是警察，这可真是倒霉到了极点。

任飞站起来大吼："是谁撞的？"这一吼，吓得那中年人直往后退。任飞的眼睛就像要喷火一样，陈小东一看任飞这架式，要是不拦着一定出事。他赶紧上前拦住了任飞，"任队长，救人要紧，快打120。"

任飞转过头就对陈小东吼："还打什么120！快到路上拦辆车，等120到了，人也没气了。"一听这话陈小东回过了神，他赶紧站到路边拦了车。大家七手八脚地把林凡弄上了车，开足了马力往医院赶。

24. 生死之间

在这附近就一家医院。任飞他们心急火燎地把林凡弄进了医院，还

好林凡在被送进医院的时候还有气，医生立即对林凡进行了抢救。

虽然着急，但这个时候任飞却还是清醒的。他留下了一个同事在这里照看林凡，然后带着其他人回到案发现场附近，协同局里派去增援的人一起进行搜查。他能猜到林凡很可能就是在追凶手的时候被车撞了，他没忘了叫人去把路口的监控录像拿来查看，以便进一步了解当时的情形。

林凡这一次是任飞找来的，要是他出什么事，那任飞真会内疚一辈子。任飞了解林凡，林凡只要答应了别人的事，一定会管到底。今天林凡拼了命地去追凶手，任飞知道他不是为了名声，也不是为了钱，更不是为了帮任飞，林凡只是想捉到凶手，把这件事做好。如果当时换作是任飞，他一定也会这样做，也会不要命地去追。

前进路附近已经来了很多的警车，这个区域已经被警方控制了。他们开始排查，不放过任何一个凶手可能藏身的地方。经过整整一晚的折腾，他们没有发现凶手。凶手这一次又是怎么从他们的眼皮子底下跑到王凤所住的楼房天台上的？要不是林凡及时发现，那后果不堪设想。如果真是那样任飞想死的心都有，不要说是任飞，就在这附近蹲点的同事的心里都会蒙上阴影。辛苦不要紧，可是如果这么多天的劳累与等待换来的却是凶手另一次的得逞，那在他们的心里就太不能平衡了。

在街口的录像里，任飞看到了当时的情况，包括林凡和凶手对视的那一段画面。看着这仅仅只有那么三四分钟长的录像，任飞能感觉到当时的紧张，他也注意到了凶犯向腰间摸去的动作，面对这样一个杀人狂魔，林凡是需要勇气的。任飞真希望在那个时候那个地点的人是他，被撞倒的也是他。

但不管怎样，凶手还是跑了。

等任飞再赶到医院的时候，林凡虽然经过抢救，可还在昏迷着，并没有度过危险期。任飞看着躺在病床上的林凡，他不禁想起了以前的某个时候，那一次林凡也是住进了医院，不过上一次他是被女人用棍子打进了医院。他仍记得刚才送林凡进医院的时候，林凡迷迷糊糊和他说的话："凶手跑了，是我闯的红灯。"听着这话任飞差一点没掉下泪来。连自己的生死都不知道的时候，林凡对任飞说的第一句话竟然是这事。林凡就是这样一个奇怪的人，奇怪得有时候让人不敢相信的一个人。

医生告诉任飞，如果林凡在三天内没有醒过来的话，那就会很危险。听着医生说的话，看着躺在那里一动不动的林凡，任飞心里有说不出的愧疚，他现在有些后悔为什么要把林凡拉进这个案子里来。

第一个跑到医院来看林凡的是刘斌。他一进门，却没有像以前一样骂任飞。他现在比谁都更了解任飞的心情。刘斌拍了拍任飞的肩膀说："放心，这小子死不了。"

任飞把事发的经过告诉了刘斌，如果他不把这些说出来，他会活活地憋疯。除了刘斌，他还能对谁说呢。

林凡进医院的事，刘局长很快就知道了，他让任飞这几天先在医院照看林凡。可是任飞没有同意，与其坐在这里等，他宁愿去做些什么，任飞觉得坐在这里等会让他更受不了。

因此照看林凡的事当然就交给了刘斌，刘斌天天坐在床边和林凡说话，具体说了什么刘斌也想不起来，他只是想林凡快点醒过来。

钱秀男知道消息后也跑到医院来看林凡。一进门她就指着刘斌的鼻子骂，"我原来就说过，要林凡不要交你们这样的朋友，你看现在又出事了。"刘斌被骂得哑口无言，这事与他一点关系没有，但这个黑锅他愿意替任飞背。他们和钱秀男本来就是很好的朋友，他知道钱秀男就是这种脾气的人。

钱秀男看着林凡的样子，忍不住流下泪来。这个男人让她恨过，也让她天天想念着。他占过她的便宜，在刘斌的酒吧里搂过她调戏过她，那时候他们还不是很熟。就因为这件事，钱秀男打了林凡耳光，还拿水果刀跟他拼过命。她又想起在警局里林凡给她下跪的样子，她知道虽然林凡有时候表现得很无赖，甚至不可理喻，可是他不会轻易向人低头，更何况是下跪。她知道那一次他是为了这个案子，为了朋友。在她的面前，林凡好像还从来没有这么安静过。想着原来的种种，她又流泪了。

钱秀男不禁想，难道这个男人对她来说真的这么重要吗？虽然他们之间的故事只是片断，他们只是朋友。

看着钱秀男看林凡的眼神，刘斌轻轻地叹了口气。他有时候真不明白，为什么林凡身边的女人都会这么死心塌地关心着他。林凡没钱，长得也不怎么帅，对于女人，他也不是那么温柔体贴，可是刘斌总能看到有女人用这样的眼神看着他，特别是在林凡倒霉的时候。

正在这个时候，周清也来了。自从那天晚上林凡冲出去抓凶手后，这还是周清第一次见到林凡。周清原以为以林凡和任飞的本事，凶手是不可能跑得掉的，可凶手还是跑掉了。更让她没想到的是，林凡这一次被车撞得快死了。

周清进来的时候，看到了林凡，也看到了钱秀男哭红的眼睛。在警局里她见过这个女人，也见过林凡当着大家的面给她下跪，那时候周清对这个女人有种说不出的讨厌。今天看到钱秀男，周清的心里却突然觉得有些心虚，她觉得这一次她不应该来看林凡，也许不应该在这样的时候、这样的地点。

钱秀男当然也看到了周清，看着周清美丽的脸庞，特别是周清穿着警服的样子，更让钱秀男觉得周清有种特别的韵味……女人生下来似乎天生就是敌人，钱秀男记得林凡给她下跪的时候，就是面前的这个女孩说了句："真没出息！"

在钱秀男心里突然出现了一个问题：林凡这样拼了命地帮任飞，难道只因为他们是好朋友，会是因为周清吗？这个问题连钱秀男自己都觉得问得奇怪。可人有时候，总会问自己一些奇怪的问题，而这些问题有些没有答案，有些问题的答案却让人无法面对，可又为什么要问呢。

刘斌待在那里看着这两个漂亮的女人，一个梨花带雨，一个飒爽英姿；可她们都有同样的地方，就是同样那么美丽，此刻也同样沉默不语。

刘斌叹了口气对床上的林凡说："你可千万别死，你要是死了估计至少有两个女人要去当尼姑。你就行行好，快点醒吧！"

一听这话钱秀男可不干了，她指着刘斌说："你少放屁！别以为我们女人好欺负，我改天在报上写上一条报道，把你的酒吧弄臭，让你喝西北风去！"

刘斌一听乐了，"那敢情好，如果你要写最好快点，我最近正在想用什么好点子来做做广告，没想到你这么为我着想。"

钱秀男说："这可是你说的，你可别后悔。"

刘斌说："我说你就不了解酒吧这一行了吧，酒吧越有问题，去的人越多。"

钱秀男说："我终于明白，你和林凡为什么这么要好了，原来都这么无赖！"

刘斌笑着说："谢谢夸奖，林凡这小子身上的本事还是从我这里学去的，你不知道吧！"

钱秀男说："我就说你们都是蛇鼠一窝，包括任飞在内，都不是什么好东西！"

刘斌说："你说他可以，我可是好人！"

钱秀男说："放屁！"

刘斌说："你不信？昨天我店里的卖酒小妹还问我林凡怎么这么久没来，都想死她们了，你说他是不是好人。哎！我这老板当得，好像是专门为这小子养女人一样，要是在古时候，我这个老板应该叫，叫那个什么……"

刘斌正口没遮拦说得起劲，钱秀男已经站起来冲到刘斌身边，看样子是要打人。

刘斌见钱秀男气势汹汹的样子，忙往后退，"怎么，你要干什么？你还想打人啊，这里可有警察！"

周清却说："放心，我什么也没看见，只管往死里打！"

刘斌说："你们女人可真是够怪的，刚才还……哎哟！你还真打啊！喂！你轻点行不行，喂！别打脸，我还要靠这个吃饭呢！哎哟！"刘斌被钱秀男打得满屋子躲，而周清站在一边笑得肚子都痛了。看着他

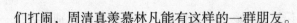

们打闹，周清真羡慕林凡能有这样的一群朋友。

他们正闹着，任飞走了进来。他才进门刚一露头，就被钱秀男狠狠地用包敲了个结实。任飞还没弄明白怎么一回事，他的领子就被钱秀男抓住了，"任飞，你还好意思来，如果我要是你，我就去撞墙死了算了！"

任飞一看刘斌在，还有周清也在。多少他也是领导，被一个女人这样抓着，他面子有些挂不住了。可是他又不好发作，他没有对钱秀男说话，而是对刘斌说："我说刘斌，你小子怎么做事的，怎么把母老虎放到医院来了！"

钱秀男一听这话更是气上加气，刚才被刘斌戏弄了一番，没想到任飞刚一进门也来气她。钱秀男指着任飞说："你说谁母老虎，你有种再说一次。"

任飞忙摆手说："这可不是我说的，是他说的。"说着就指向刘斌。刘斌一看，心里就骂开了。

他们还在房间里闹着，却不知道林凡早已经醒了，他也不说话，只是静静地看着他们闹，心里觉得开心极了。林凡觉得有这样一群朋友在身边，是那么的幸福。如果说原来他没感受到，那今天从生与死之间走过之后，看着他们，觉得活着真是一件美好的事。虽然现在林凡的头还有些痛，不过听着他们的吵闹，比听到世界上任何美好的音乐都要来得快乐与舒心。

任飞他们却没有留意到林凡已经醒了，他们还在闹着。周清还没有看过任飞有这样的时候，她的视线早就被他吸引了。她能从他们身上感觉到那一份友情。正闹着，门开了，一位护士叫他们小声点，这里可是医院，这样他们才停下来。等他们转身看向林凡的时候，却发现林凡正睁着带笑的眼睛看着他们……

"我没看错吧！"说着刘斌走了过来摸摸林凡的脑袋。任飞看到林凡醒了，心里高兴极了。钱秀男也跑到床边，抓着林凡的手，"林凡你醒了，吓死我们了！"

"是吓死你吧！我们早知道这小子死不了！"刘斌说。钱秀男白了刘斌一眼。

"看来还是女人的力量大啊，我在这里陪他说了一两天的话，他都没醒，今天女人一来，你看这小子多精神，干脆现在出院，回去洞房好了！"刘斌开玩笑说。

任飞一听照着刘斌的屁股就是一脚，"你能不能说点好听的！"

刘斌摸着屁股，看着任飞说："好听的？也有，我原来就说过我开的酒吧是福地，这下你们信了吧，我要是不来，这小子哪能醒得这么快！看来我那酒吧是个宝地，回头要买几根香烧烧。"

任飞一听来了火，"你干脆回去把那破酒吧拆了，改建成一座庙，你顺便当了和尚，说不定哪天修成正果还成了仙呢。"

刘斌说："好主意！可是那样你到哪去喝酒，你和林凡欠我的酒钱也够我再多开十几间酒吧的了，你先把钱还了，我再去建庙。你要知道建庙要好多钱的！"

任飞把眼一瞪，"全天下就你那里有酒了是不？告诉你，想请我喝酒的人多了，喝你的酒那是给你面子。要你去建庙当和尚，不是因为你那什么破地，是因为你天天在我面前'念经'，你要不去当和尚那是屈才！"

刘斌说："我说姓任的，那些个女人盼着等着，让我去'念经'，我还不去呢，给你'念经'那是给你面子。那些女人为了听我'念经'，还要请我吃饭，事后还要派专车送我回去，我念的可不是一般的经！"

任飞说："原来你说你是书香门第出身，我还真信了。后来才知道原来你也是个穷出身，怎么现在突然一变，变成三陪先生了？我任飞这辈子最恨吃软饭的主！我见一个，就掐死一个，还不管埋！"

刘斌说："话又说回来，这林凡住院的钱，你们警局总得给报销了吧！"

任飞瞪着刘斌，"我说你一天不提钱，你就会死啊！我原来以为除了你以外做生意的没一个好东西！没想到你更不是个东西。如果我要是

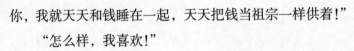

你，我就天天和钱睡在一起，天天把钱当祖宗一样供着！"

"怎么样，我喜欢！"

……

林凡还没有开口说一句话，他们就开始说了个没完。周清也是第一次看到任飞有这么多的话说，在警队里任飞可是闻名的铁面孔。

钱秀男把周清拉过来，"你别理他们，这是林凡没力气，要在平时，他们三个说的话能把你给烦死。都说女人话多，他们三个在一起说的话一年都听不完，你就当没听见！"

林凡还是有点虚弱地问："抓到人了吗？"

任飞摇了摇头。

林凡说："我被撞是自找的，你没难为那车主吧。"

任飞叹了口气，"你放心，事情都弄清楚了。"

第五章　困斗

　　林凡想了想原来冰箱里存有很多吃的，因为林凡喜欢自己做饭吃。突然，林凡的脑子里闪过一个念头，难道有人在我房间里待过？

25. 相遇

林凡这次受伤，在医院最少也要待一个月以上，就是出了院在家里也要休养一段时间才能恢复。林凡的伤势没问题了，可是另一边却再也没有了凶犯的消息。凶手似乎从这个地球上消失了一般，在火车站、汽车站、高速公路口、酒店、旅馆……任飞能查的地方都已经查过了。对于贾故实所认识的人，都已经派人进行了调查，可还是没有调查到一点贾故实的行踪。

时间过得飞快，一转眼林凡已经可以出院了。虽然林凡的精神好了很多，可是身体还是有点虚弱。

刘斌他们把林凡送回了家，回到家里，林凡感觉舒心极了。刘斌他们把林凡送到家后，很知趣地离开了，只留下钱秀男在这里照顾林凡。

等送走了任飞和刘斌，林凡刚坐下来没多久，他就感觉不太对劲。他看着这屋子，总觉得怪怪的。要知道林凡已经有一个多月的时间没在这间屋子里住过了，可是这屋子里怎么会这么干净整齐？他记得上一次走的时候，这个屋子里还是很乱的。

林凡问钱秀男："你来过我家？"

钱秀男被问得奇怪，"什么来过你家？"

林凡指了指房间，"我住院的时候，你来过我家没有？"

"没有，怎么了？"钱秀男问。

林凡笑着说："哦，没什么，我只是问问。"

"你要不要休息一下，我去买点东西，我今天给你做点好吃的。"说着钱秀男准备离开。

"你帮我把冰箱里的东西都扔了，这么久应该都坏了。"林凡说。

"奇怪！"钱秀男打开冰箱说。

林凡问："什么奇怪？"

"你冰箱里什么也没有，"钱秀男回过头对林凡说。

林凡走过来看，冰箱里面真的什么东西也没有了。林凡想了想原来冰箱里存有很多吃的，因为林凡喜欢自己做饭吃。突然，林凡的脑子里闪过一个念头，难道有人在我房间里待过？林凡拉过钱秀男悄悄地说："别说话，把门打开，你先出去，给任飞他们打电话，要他们立刻来我家。"

钱秀男不知道发生了什么事，可是看林凡的神情，他不像是在开玩笑。可还没等她迈步，卧室里面传出了一个声音："怎么，林凡，有客人来，你也不欢迎吗？"

这个声音把钱秀男吓了个半死，她知道这不可能是林凡的朋友，如果是林凡的朋友怎么会躲在房间里不出来，因为刚才任飞和刘斌还都在这里。

接着从卧室里走出了一个人，这个人脸色惨白，脸上除了骨头就是皮，个头和林凡差不多，只是瘦得有点离谱，他的手里正拿着一支手枪对着他们。

那个陌生人笑着说："别嚷嚷，我不喜欢太吵。"

林凡看着他，却笑了，"原来是你，你倒很会躲嘛。"

那个陌生人说："没办法，没地方去，只有在你这里暂时住下来，怎么，这是你的女朋友？"

林凡说："无论是不是，反正你也不会放她走，就算是吧。"

那个陌生人说："这样站着聊天，我怕你体力不行，不如大家坐下来聊吧，那样更好些。"

林凡笑着说："你还真热心，只是我这里没什么好招待的，尽不了地主之谊啊。"

那个陌生人说："你太客气了。我自己会照顾自己。"

林凡说："那就坐吧，像自己家里一样。"

"先等等！"那陌生人说，"为了让大家更放心地说话，不如先做些准备，这样我会更放心。"

"我现在这个样子也打不过你，你可以完全放心。"林凡说。

"如果没经过那天晚上，也许我会放心，不过现在，我觉得还是保险一些好，你过来！"那陌生人用枪指了指钱秀男。

听着他们的说话内容，钱秀男根本不知道他们在说什么。但她知道面前的这个人一定不会是林凡的客人。虽然现在钱秀男心里非常害怕，可是她表面上还算镇定。只要有林凡在，她就觉得踏实一些。

那陌生人走过来用手搂住钱秀男的脖子，用枪顶住钱秀男的脑袋，对林凡说："你看，这样是不是像电影里一样？"

林凡说："是有些像，不过在电影里拿枪的那个人，都没什么好结果。"

"是吗，你不害怕？我现在随时可以杀了你们！"那陌生人冷冷地笑着。

"我觉得你现在应该照照镜子，看看你现在的样子能不能杀人，你现在能杀的估计只有你自己！"林凡轻蔑地说。

一听这话，那人一下就呆了。他死死地盯着林凡，三个人就这样站着，沉默着。

恰恰在这个时候，林凡家里的电话响了。在这样的环境下，这电话的铃声显得特别的刺耳。可是没有人去接电话，这又会是谁打来的电话呢？会不会是任飞或刘斌？

电话的铃声响着，那陌生人的脸铁青着。林凡说："你看，这电话我要不要去接？"

那陌生人说："你去接，记住按'免提'，你要敢乱来，敢乱说，我就不客气！"

林凡转身走到电话机边，在电话机上按了免提键。电话里立即传来一个声音："尊敬的用户，您好！本系统提醒您……"

听了电话里的声音，林凡笑了。原来是催交话费，让他好一顿紧张，林凡没有把电话挂断，他转过头看着那陌生人，等着他"指示"。

那陌生人脸上却没有表情，他拉着钱秀男往卧室退，边退边对林凡说，"你站在那里别动。"林凡只得把电话挂了。只见那陌生人到了卧室拿了一根绳子，把钱秀男绑了个结结实实，然后就把她推了出来。那陌生人又在厅里拿过一把椅子，将钱秀男再一次绑到了椅子上。

"现在轮到你了！"说着那陌生人把林凡绑到了另外一张椅子上，绑得特别的结实。等这一切都做完了，他还没忘了将钱秀男的嘴用布给堵上，还在钱秀男的嘴上缠了胶布。

这下，那陌生人才在他们对面的沙发上坐了下来，他现在已经是满头满脸的汗，刚才做的这些事把他累坏了。

林凡笑着说："你怎么不把我的嘴也堵上，我叫起来的声音可比她大得多。"

那陌生人笑了，"林凡，你是一个很有意思的人。"

"哦？是吗？有多有意思，我自己怎么不知道。"

"知道我为什么要来你这吗？"

"不知道。"

"那你想不想知道？"

"那要看心情，如果心情好，就想知道。"

"那你现在心情好吗？"

"不好，被绑着，还被人用枪指着，有谁的心情会好！"

"那你的意思是，你不想知道我为什么来？"

"反正迟早你也会告诉我，无所谓。"

"你怎么知道我一定会告诉你，我不会杀了你就走？"

"如果你不想让我知道，那还来这里干什么。"

"说不定，我只是想来看看。"

"那你已经看过了，可以走了。"

"你赶我走？"

"差不多，这房子是我的，我想我有这个权利。"

"可是你不要忘了，你现在是什么样的处境。"

"我没忘。"

"你是不是觉得我不会杀你，所以才敢这么说？"

"也许是这样。"

那陌生人沉默了一会儿说："你很奇怪。"

林凡笑着说："可能是因为我看了你的镜子，所以变得比较奇怪！"

听到"镜子"这两个字，那人的脸色又不自然了起来。

钱秀男坐在那里，听着他们说话，看着他们脸上的表情。她觉得林凡似乎应该认识这个人，可是看样子他们又好像是第一次见面，而这个要杀林凡的人又会是谁呢？

"你应该知道我是谁。"那陌生人说。

"你要不说，我哪知道你是谁。"

"我是贾故实。"

"嗯，听说过，听说贾故实是一个混蛋，没想到是你。"

听到林凡在骂他，贾故实却没有生气，他反而笑了，"我终于明白警察为什么要找你帮忙，你是一个很有意思的人。"

"如果别人这样说，我会很高兴，可是你这样说，我觉得没意思。"

贾故实沉下脸来说："你知道，像我这样的人很容易生气。"

"知道。"

"我一生气可能就会把你杀了，可能会忘了我为什么来这里。"

"知道。"

"那你觉得在你说话的时候，是不是应该小心一些？"

"我不是一个谨慎的人，要不然也不会等了那么久才发现有陌生人在我的房间里，吃我的住我的，还让人拿枪指着我。"

贾故实从怀里拿出一把刀，那是一把很薄的小刀，和上次林凡在那暗室里看到的刀是一样的。那刀冷冷地闪着寒光，贾故实说："也许我不会杀你，可是你旁边还有一个人，我一生气说不定就会把这东西往她身上划几下，你要知道这东西划在身上很痛的，不是吗？"他边说着，边看着他手里的刀，他的眼神中流露出一种让人恐惧的痴迷……

贾故实的神情，让钱秀男真的害怕了。她知道贾故实不是开玩笑，他说的都是真的。因为他的眼神里流露的是一种让人无法抗拒的恐惧。

林凡闭着嘴没有回答贾故实。他不怕贾故实对他做什么，可是就如同贾故实说的那样，他的身边还有另一个人，一个关心着自己却有可能被这个人伤害的人。

"你说吧，你要什么，只是不要伤害她，我会尽量做到。"林凡说。贾故实笑了，"这就对了，这样多好，你说是不是？"说完他把刀放进了怀里，然后把枪放到他前面的茶几上。

贾故实说："我想你应该知道这是什么吧？"

"手枪。"

"嗯，不如我们玩个游戏吧。"

钱秀男听到这话，她明白了。现在在她面前的这个人，一定不是一个正常的人，他一定是个疯子。

贾故实说："这把手枪装了六颗子弹。我另外还有六颗子弹。现在我们来玩个游戏。我问你六个问题，你答对一个，我就拿走一颗子弹，答错一个，我就留下一颗子弹，等六个问题都答完后，我把留下的子弹都放到这把枪里，然后这么一转。"说着贾故实把左轮手枪一转，"对你开一枪，如果你没死，那你就赢了。"

"赢了有什么奖品吗？是房子、车，还是女人？"

"当然有，既然你说到女人，那我就答应你。如果你赢了我就不杀她。"贾故实说着看向钱秀男。

"那开始吧。"林凡生怕贾故实改变主意，赶紧同意道。

"别急，我还没把话说完呢。等我问完你的问题，你也可以问我六个问题，同样，我答对了拿走一颗子弹，我答错了就留下一颗子弹，等六个问题都答完了，我就对自己的脑袋开一枪，这样公平吧，就像这样！"说着贾故实把枪对准了自己的脑袋，扣动了扳机……

"哒"的一声！枪没有响，自然贾故实还坐在林凡的前面，他也没有死。原来这把枪里面根本没有子弹！贾故实笑着说："你说多有意思，只要一看到枪，别人就会觉得里面一定有子弹，拿着枪的人就能杀人。可是枪真有子弹吗？这个恐怕只有拿枪的人才知道。没有子弹的枪和废铁没什么两样，你说呢，林凡？"说完贾故实从口袋里拿出六颗子弹,一颗一颗地在茶几上摆好。

看着面前的这个人,林凡心里有种说不出的感觉,他不知怎么的突然有点喜欢上面前这个人,如果不是因为他是变态杀手的话,那么也许他们能交上朋友。以现在贾故实的情况,他竟然敢待在林凡的家里等着他回来。就在刚才,任飞和刘斌还在这里,他也敢躲在屋子里,直到他们离开。面对林凡,他竟然用没有子弹的枪来威胁他们。就像贾故实说的一样,林凡看到贾故实拿着枪的时候,根本没想到这枪里会是没有子弹的,因为在林凡的潜意识里就认定了,这枪里一定有子弹。可贾故实又是怎么样的一个人?

对于贾故实所说的话,林凡并不知道他会不会履行他的承诺。他没想到贾故实跑到这里来就是为了和他玩这个游戏。而贾故实又会问他什么样的问题呢?自己又该问他什么样的问题呢?

林凡说:"这不公平。"

"怎么,你觉得不公平?那你可以先问我,我再问你。"

"不是这个,如果我问你的时候,你不怕我骗你吗,就算你答对了,我也可以说你答错了。"

贾故实没想到林凡会这样说。他愣愣地看了看林凡,"记得清云庵上的灵石吗?"

"记得。"

"灵石之所以灵,就是要有心人的'诚'心!我相信你,就算你说我回答的问题都是错的,我也愿意死在这里!"贾故实说。

两个疯子!钱秀男没想到林凡会这样说。这样说对林凡没有一点好处。的确如果在林凡问问题的时候,林凡说贾故实答错了,这样留下的子弹数目会更多,那结果更有利于他们。可是钱秀男想得太简单了,她没想到这个游戏永远不可能公平,因为枪在别人手里,林凡他们永远不可能主宰这个游戏。

林凡之所以这样说,是因为他明白和贾故实这样的人玩游戏,你自己必须先疯狂起来,你必须先相信一个不可能的规则。

"那开始吧，我会诚心诚意地来玩这个游戏的。"

"先不急，我们先要算下时间。"说完贾故实把林凡电脑桌上的表拿了过来，"每个问题我们只有三十秒的回答时间，如果超过了，就算错。"

"我同意！"

"知道吗，我不是催你，你要知道，你的那些朋友很有可能会再上门，那样这个游戏就没办法玩下去了，不是吗？"

现在钱秀男有些糊涂了，贾故实到底是不是一个疯子。你说他疯，他所做的事的确是正常人做不出来的，甚至是想都想不到的。可如果他真是疯子，他却有比正常人更严谨的思维。

26. 找自己

林凡和贾故实开始了这个疯狂的游戏。而这难道真是一场游戏吗？在钱秀男看来这不是游戏，这是一场赌博，不，更确切地说这应该是一场闹剧。因为这一切本不应该在现实中出现，它只能出现在书里，出现在电影里，而不应该出现在自己的眼前，让自己亲眼看到。贾故实的死钱秀男根本不放在心上，可是对于林凡，她多想对林凡说不要同意玩这个游戏。可是她明白，这样的情况下，林凡只能这样做，有时候生死只在一念之间。这个游戏的结果将会很快出来，因为每个问题回答的时间只有三十秒。可这个结果会是怎么样，钱秀男连想都不敢想。

贾故实说："那我们谁先问呢，是你先问我，还是我先问你呢？"

林凡说："你先问吧。"

贾故实说："为什么你不先问我，这样你赢的机会会更大些？"

林凡笑了笑说："可能是我还没想到问你什么吧。"

贾故实说："就因为这个？"

林凡说："可能，也许。"

钱秀男真不知道这个贾故实在想些什么。看他说话的表情，钱秀男分不清这个贾故实到底是真心的，还是假意的，难道贾故实真的愿意让林凡先问吗？可林凡又为什么要选在后面问呢？要知道谁先问谁就更有可能活下来，因为这个游戏很有可能在下一个人还没有问问题的时候，就已经结束了……因为你不知道对方会问什么，什么样的答案才是对的。可钱秀男没有考虑到，枪是在谁的手里。

林凡说："现在可以开始了。你问吧。"

贾故实呆呆地看着林凡，他的表情有些怪，好像他现在在想一些别的事情。贾故实说："林凡，你知道吗？我现在越来越舍不得杀你了。"

林凡说："如果我是你，也会找不到杀我的理由，因为你的计划里不应该有我，如果真杀了我，那就破坏了你的计划。"

贾故实点了点头说："有道理，可是你就那么确信已经知道我的计划了？"

林凡沉默了，贾故实说的对。就算掌握的证据有多么充分，也不可能会真正知道面前这个脸色苍白的人到底在想些什么。

林凡说："我还有一个要求。"

"你说。"

"如果我死了，你放了她。"

"可以！"

钱秀男没想到贾故实会答应得这么爽快，她现在明白无论有没有她，贾故实的这个游戏里只有两个主角，那就是他和林凡，而她只是一个突然多出来的看客。面对此情此景，她的心情十分的矛盾。因为她想看到这个结果和过程，可是又害怕看到这结果和过程。

林凡说："你现在最好快问，要不然我朋友来了，你可能又要跳一次楼。这次你跳得可能不会那么顺利了。"

贾故实听了笑了笑说："你还真为我着想，我越来越搞不清楚你是一个怎么样的人了，有意思，太有意思了。"

林凡说："反正你来这里也不是想知道我是什么样的人，只不过是为了这个游戏来的。"

贾故实说："在我问问题之前，为了公平，我让你先问我三个问题，不过这三个问题不算在这个游戏里面，只是因为我知道，你有很多的问题想问我。"

林凡的确有很多的问题想问贾故实。可是贾故实这样说了，他却不知道该问什么，问哪三个问题。林凡知道贾故实这样做的用意，无论问不问这三个问题，对贾故实来说都是有好处的。问了，林凡接下来的六个问题可能就不知道问什么，贾故实也可能会在林凡问问题的时候，找到林凡问问题的思路；而不问这三个问题，那一定就会影响林凡的心理，这样林凡回答贾故实问题的时候情绪会受到影响。

林凡说："既然你这么客气，那我就问了。"

"你说，我都会回答你。"

"你已经有多久没照镜子了？"

贾故实一听林凡问这个问题，脸上的表情变得不自然起来。他那张本没有血色的脸，突然间涨红了。贾故实一个字、一个字地对林凡说："我，每天都照镜子！"

"照镜子的时候，感觉怎么样？"

贾故实的手本来是很轻松地放在大腿上，可是现在他的手就像抽筋一样紧紧地抓着自己的裤子。钱秀男不明白林凡怎么会问这些奇怪又没有意义的问题。可是看到贾故实现在的这个样子，钱秀男知道林凡的这个问题问对了。

过了一会儿，贾故实慢慢地说："感觉就像不会游泳的人掉到水里，在水里找岸上的人一样。"

听着贾故实的话，钱秀男脑子里似乎能感觉到那样的感觉。当一个不会游泳的人掉到水里，拼命挣扎着，在水里你看不清岸上有什么，想找人却又看不到人……叫不出声，能救自己的人只有自己，可是自己却把自己越拉越深……

林凡又问道："镜子破了，你还能找到自己吗？"

贾故实呆呆地看着林凡，看得那么仔细，那么认真。林凡的眼睛是那么明亮，亮得似乎能看穿一切。

"当然找得到，一定能找到自己，不是吗？"贾故实不像是在回答林凡的问题。

林凡不再说话了。这个人变成现在的样子到底是因为什么呢？其实这是林凡心里最想问的问题，可是他没有问。也许这个问题没有答案，就连贾故实自己都回答不上来。

三个问题很快就问完了，可是这个房间里却静悄悄的。只有那茶几上的钟发出的"滴答、滴答"的声音。

过了好半天，贾故实终于开口说道："现在该轮到我问问题了！"

林凡点了点头。

这个房间里的空气变得有些压抑起来。钱秀男想要这一切都快点结束，可是又怕这一刻的到来。她真想现在任飞他们就冲进屋子里，结束这个闹剧。

贾故实说："你们是不是觉得我是一个疯子？"

林凡说："没有！"

钱秀男不敢相信这是从林凡口里说出来的话，如果他不是疯子他怎么会干这样的事？难道林凡因为怕死而低头了吗？

"哦，为什么？"

林凡说："在我回答这个问题前，你应该先考虑是把子弹拿走，还是留下。"的确林凡已经回答完贾故实的第一个问题，而贾故实却没有立刻选择是把子弹留下还是拿走。

这个游戏有意思的地方就是，问问题的人完全占有主动权，而被问的人回答的答案，只有被选择的份。问问题的人说是对的，那就是对的，说不对那就是不对。可是每回答错误一次，那么就离死亡更近一步。

贾故实伸手向一颗子弹摸去……钱秀男的心提了起来。她看了看林凡，林凡的脸上却没有一点的紧张，他的眼睛还是那么的亮。林凡的这种神情钱秀男还是第一次看到，她看过林凡的流氓样，看过他风趣的样子，看过他一本正经的样子，看过他喝醉了满地爬的样子……可是这一次却与平常的他完全不同。在这一刻钱秀男突然感觉一点也不了解林凡，甚至有点陌生。

贾故实把一颗子弹放到了手枪里。

林凡说："你杀了人，你杀人不是因为你发疯了，你只是找了个疯的借口来骗别人，更重要的是你在骗你自己！"

贾故实一听就跳了起来，"我没有，我是不得已的！这你是知道的！你在骗我！你看了我的日记，我以为你是这个世界上唯一能知道我的心的人，要不然我怎么会把日记给你！"贾故实涨得一脸通红。

钱秀男被贾故实这突然的举动吓坏了，她不知道贾故实接下来会不会控制不了自己，不再玩这个游戏，而是直接动手杀了林凡还有她。因为她一直都以为，贾故实没有必要做这些事，完全没有必要来问这么该死的问题。

林凡却没有感到一点意外，他冷冷地看着贾故实说："选子弹，你还有四个问题！"

听了林凡的话，贾故实猛地抓起茶几上的枪，顶在林凡的脑袋上，"我虽然说过不想杀你，可是我没说一定不杀你！"虽然枪里面只有一颗子弹，可是那终究还是枪。

林凡面无表情地盯着贾故实说："这个游戏我们都要玩下去，因为它一旦开始了，就不能停下来。"

贾故实慢慢地收回了枪，坐回到沙发上。这个时候的贾故实突然一下又回到了原来冷静的模样。他拿起一颗子弹，上到了枪膛里，又把枪放到了茶几上。

林凡离死亡又近了一步。钱秀男看着茶几上的那把枪，她现在才知道枪是多么可怕的一件东西，当它落到了像贾故实这样的人手上的时候，会给其他人带来多大的伤害。

贾故实继续问："第三个问题，你看了我的日记，在那上面你看到了什么？"

林凡没有立刻回答贾故实，他想了想说："找到了自己！"

"那你觉得我找到了自己吗？"

"有时候迷失也是自己，不是吗？"

贾故实听了却流下泪来。

林凡却冷冷地说："可这不是你伤害别人的理由，你做任何事的时候都知道自己在干什么，只是你不敢面对，不敢承认！你只是在故意放纵自己去伤害别人！你只是找个借口来达到你伤害别人的目的，你只是找个方式来伤害自己，并让你自己觉得好过些！"

"我好过？我是无辜的！你知道他对我说什么吗？你知道吗？这一切都是他要我做的！我没办法！我，我……"说着，贾故实哭了起来。

日记，那是一本什么样的日记？钱秀男不知道他们在说些什么。可钱秀男能感觉到贾故实在伤心地哭泣。他不是在骗他们，钱秀男隐隐觉得这个男人有些可怜，也许他真有说不出的苦衷呢？

林凡的表情却是冰冷的，面对着贾故实的泪水，他没有感到一点的同情。

贾故实流着泪，他把一颗子弹上到了枪膛里，"这不是我希望的，我本不想杀你，是你逼我的！我知道你不是这样想的，你只是害怕真相，因为我们都是同样的人，我知道你是了解我的，不是吗？"

这是一个疯子，一个彻头彻尾的疯子！钱秀男放弃刚才那一点点同情。贾故实根本不是在对他们说话，他是在对自己说话！

四个问题结束了。

贾故实又问："如果你是我，你会这样做吗？"

林凡说："不会！我永远不会做像你那样伤害别人的事！永远！"

贾故实没有说话，继续把一颗子弹放到了枪里。

贾故实面无表情地说："最后一个问题，你说她们到了另外一个世界会幸福吗？她们会见到她们的宝玉吗？"

林凡说："不会有另外一个世界！只有生和死！你杀了六个无辜的人！"

贾故实抓着自己的头发，"不会的，不会的！你骗我！我和她们说过话，我知道她们很开心，她们说过的！"

林凡愤怒地说："如果有一天，你的亲人也被像你这样的人杀害了，你就不会这样说了！"

贾故实抬起头，看着林凡。他慢慢拿起一颗子弹，放进了枪里。

六个问题已经问完了，贾故实把手枪上的枪盘转了一下，慢慢地举起枪对准林凡……

27. 林凡的问题

刘斌拿着手机一直在摇头，他心想林凡这小子在干什么，怎么家里的电话一直没有人接，就连打钱秀男的手机她也没有接。这到底是怎么回事？刘斌脸上有了一丝坏笑，难道这小子刚出院就开始乱来了？这小子体力也可真够好的，身上的零件都被撞成那样了，还有心情搞这些。

"不管了，管这小子现在在干什么呢！"刘斌说了一句。

任飞也给林凡打了电话，可是没有人接听。他估计林凡现在正在休息，所以没接他的电话。由于手头上的事情很多，他也没有再想什么。他现在一心一意地找那个凶手。虽然时间过去了这么久，但他相信凶手总有一天会露出破绽的。凶手总要吃饭，总要出来走动，不可能变成神仙，只要他一有动作就一定会被人发现。任飞一定要抓住他，让他得到应有的惩罚！

可是他却不知道这个时候凶手正在他最熟悉的地方，也是他最不可能想到的地方，正和他最好的朋友面对面地说着话。

此刻，黑洞洞的枪口正对着林凡，林凡冷冷地看着面前的贾故实，林凡知道贾故实扣动扳机的后果会是什么样。因为这把枪里已经有了五颗子弹，这把枪不再是一把空枪，现在它已经变成了一把完全可以要人命的凶器。按几率来说，林凡只有六分之一能活下来的机会。可是道理只是道理，林凡这一次真的离死亡不远了。

钱秀男看着这情形，心里完全凉透了。对于林凡的生死，在她的心里已经有了认定，这一次林凡必死无疑了，而这一切都发生得太过突然。他们高高兴兴地从医院回来，她以为一切都已经过去。钱秀男本来想在接下来的日子里好好照顾林凡，让他的身体快些康复起来。她甚至想过，林凡吃着她做的饭菜，开心笑着的样子……可是这黑洞洞的枪口，告诉她，这一切都已经不可能了。枪声过后她和林凡将是两个世界的人，就算她以后想扇人耳光，想让人给她下跪，可能都没了机会。她知道这一刻她和林凡的命是拴在一起的。看着林凡的表情，她知道林凡并不怕死。以前她不知道面临死亡是什么样的感觉，现在她有点明白了。她害怕，可是她又觉得心里平静，她不想就这样死去，可是她又觉得心里有某种程度的开心，因为能和林凡死在一起，也算是一个好的结果。

这个时候林凡转过头来看着她，林凡笑了，林凡笑得是那么坦然，他似乎在告诉钱秀男，这都没有什么。从林凡的笑容里，钱秀男感到了一份安心，她想笑，可是她知道这个时候的笑是那么的不自然，她不想在林凡面前流泪，可是泪水却停不下来，她想说话，可是口里除了能发出"呜呜"的声音外，什么也说不出来。她现在多想告诉林凡，告诉他，以前她那样对他，不是真心的，不是真的想骂他，不是真的想打他，她只想他能对她好，不要那样对她……可是这都晚了。

贾故实说："这都是注定的！在清云庵，我看到你的时候，就注定了今天！"

钱秀男闭上了眼睛，她不忍心看到那一刻。她似乎听到了清脆的"哒"的一声……

刘斌正在屋子里转来转去，他觉得太无聊了。自从生意上的事他很少过问以后，他就开始觉得日子过得特别的无聊。要是在平时他还可以和林凡混在一起，因为任飞工作忙，不好找他。可现在他觉得没人可找，连说话都没人听。刘斌本不是一个能闲得下来的人。他想着该找谁出来找点事干，可是想来想去想到的人，他都觉得没意思。他现在只想找林凡说说话，哪怕是说说废话也行。自从上次那件事后，他就很想问林凡关于那件案子的情况。可是一直以来都没有找到机会，现在林凡出院了，而且时间都过了这么久，他觉得林凡应该会把事情告诉他了。

刘斌又拿起电话给林凡打电话，因为林凡住院的时候，手机没有再使用。刘斌现在只能打林凡家里的电话，可是打了好几次，都没有人接。打钱秀男的手机也没有人接。他觉得太奇怪了，这个时候林凡会不会去了警察局呢？刘斌一想到这个，就来了劲。林凡一定是去了警察局了。于是他拿起电话给任飞打了电话。结果任飞说林凡根本没有到过警察局来。这让刘斌感到更奇怪了。

又在屋子里转了一会儿，他又给任飞打了电话，告诉任飞林凡没有接电话的事。任飞一听并没有觉得奇怪，他对刘斌说，可能林凡出去走动，等他忙完手头上的事一起去林凡家看看他。

好半天钱秀男才睁开眼睛，她还看到林凡坐在那里，林凡的身上也没有流血，好像什么也没有发生。贾故实也还坐在那里，枪也放到了桌上。

林凡并没有死。

本来林凡也认为自己死定了，他唯一希望的就是贾故实没伤害钱秀男。刚才贾故实扣动了扳机，枪却没有响，林凡吓出了一身冷汗。没有人不怕死，没有人真的在面对死亡的时候能泰然自若。怕死是人的本性，那是一种不可抗拒的对死亡的恐惧。

贾故实笑着说："死亡的感觉怎么样？"

林凡说："刚才和死了没什么区别。"

贾故实说："我也有过你这样的感觉。"

林凡说："可你没有死。"

贾故实说："你也一样，也还活着，这都是注定的！"

林凡说："似乎有点像！"

贾故实说："很多事都是注定的！"

林凡说："你说得对，你是注定会被抓住的！"

贾故实说："你是不是想我早点死？"

林凡说："我并不想你死，我只是想把你抓住，交给警方。"

贾故实说："那还不是一样？"

林凡说："不一样！"

贾故实说："有什么不一样？"

林凡说："你是聪明人，你明白！"

贾故实说："林凡，我觉得你越来越有意思了。"

林凡说："不好意思，我不会对你有意思。"

贾故实听了哈哈笑了，"既然老天注定让你活着，那看看老天是不是让我活着！"

林凡说："人都会死，注定会死！"

贾故实说："有道理！你应该去当哲学家！"

林凡说："抓到你后，我可以考虑去当！"

钱秀男在心里叹了口气，听了他们的话，知道他们都在试探对方，但她觉得面前的两个人本不应该成为敌人，也许他们更应该成为朋友，成为像任飞、刘斌那样的朋友。可钱秀男也知道这是不可能的，有时候敌人和朋友会让人分不清，有时候到底是朋友了解自己多些，还是敌人了解自己多些，就像林凡对任飞他们说的一样，当朋友和敌人都很了解你的时候，那是一件幸福的事。

贾故实说："到你了，你可以问我六个问题。"

林凡说："这六个问题我会问的，不过我有一个条件。"

"什么条件？"

"我问你答，但至于答案是不是正确，由你来判断。如果你觉得对，那么就拿走一颗子弹，如果是错的，你自己留下一颗子弹！"林凡说。

贾故实没想到林凡会这样说，因为接下来林凡完全可以占主动，而林凡这样做却把主动权交给了对方。如果贾故实总是觉得自己的答案是对的，那么这把枪一颗子弹也上不了，那他对自己开的一枪只可能是空枪。如果贾故实还活着，那林凡他们活下去的机会就是不可能了。

钱秀男都快急疯了，她根本无法理解林凡为什么要这样做，林凡是不是疯了？！他是不是真的被贾故实弄得神经不正常了？难道刚才那一枪把林凡吓傻了？还是贾故实用了什么药，把林凡弄得不知道自己在干什么了？

贾故实问："你为什么要这样做？"

林凡说："你说我是一个很有意思的人，我不能让你失望！"

贾故实说："就这样？你不是做这种蠢事的人！"

林凡说："记得清云庵上的灵石吗？"

"记得。"

林凡说："灵石之所以灵，就是要有心人的'诚'心！我相信你，只要你认为你所回答的答案是对的，就算我认为是错的，我也不会反对。"

贾故实说："你可要知道你这样做的后果！"

林凡说："知道！"

贾故实说："你身边还有一个女人！"

林凡说："你已经答应过我，你会放了她！"

贾故实说："可我是个疯子！疯子说的话是可以不算数的！"

林凡说："你不是疯子！就算你是，那就当我也是个疯子好了！"

其实林凡这样做和疯子没什么区别。可林凡为什么要这样做呢？难道他真的疯了？

林凡又说："你可以不答应我，因为刚才我同意了你的规则。"

贾故实想了很久，"好，我答应你！你问吧！"说着他把枪里的子弹都退出来，放在茶几上。

枪刚被放下，林凡立刻就问："一加一等于几？"

这是一个什么样的问题？一个没上过小学的孩子也能回答上来的问

题，可是林凡问的第一个问题却是这个。钱秀男觉得林凡真是疯了，他是一个彻头彻尾的疯子。如果林凡正常一点，他也不会提出那样的要求，也不会在这样的时候问这样一个让她听了想骂人的问题。如果在平时她非要过去踢林凡几脚不可，问他为什么要问这样的白痴问题。

可也就是这样一个孩子也能回答上来的问题，却让贾故实显得为难了。一加一等于二，这个简单而直接的答案却迟迟没在贾故实口里说出来。他低着头想着，似乎这是一个比什么都要难的问题。

看着贾故实的样子，钱秀男怎么也想不通像这样一个简单的问题，怎么会让贾故实这样的为难。可是钱秀男又想，如果她现在是贾故实，她会像现在那样肯定就是等于二吗？她越想越觉得这个问题复杂，越想越觉得这个答案不可能是等于二。可是不等于二，会等于几呢？想着她又看了看贾故实，又看了看林凡，原来林凡所问的这个问题并不那么简单。如果在平时这个问题再简单不过，而现在呢？原来林凡并没有疯，可如果不是疯子怎么会想到在这样的时候去问这样的一个问题？

回答问题的时间只有三十秒，茶几上的钟"滴答、滴答"地在响着，时间一秒一秒地过去……贾故实看着桌上的表，迟疑地说："等于，等于二。"

林凡没有回答贾故实，他的答案是不是正确，因为这个并不是林凡决定的，而是贾故实！

接下来就是沉默。林凡没有马上问第二个问题，而是等着贾故实去选择，选择他自己的答案是对的还是错的。

钱秀男想，如果她是贾故实的话，那她自己也不知道该不该往枪里放子弹。这样一个该死的问题，再加上林凡刚才所要求的该死的规则，这颗该死的子弹又该往哪里放呢？

贾故实苦笑了下，"林凡，如果我真被你抓住，我心甘情愿！"说着他把一颗子弹放进了手枪里。

而贾故实的这个举动却让钱秀男吃了一惊。她没想到贾故实真的会把子弹放到枪里面。就算贾故实不知道自己回答得是对是错，他也可以认为自己回答的是对的，因为他的答案看上去并不错，他完全有理由相信自己是对的，可是他却把子弹放进了枪里。

林凡说："你可以认为自己是对的。"

贾故实说："可我认为我回答错了。既然我同意了你的规则，那我们都要遵守。你还有五个问题！"

28. 原来如此的"诚"

既然案子已经基本调查清楚了，张诚也表示可以离开了。这一次他没有帮上多大的忙觉得很是过意不去。但他还是得到了刘局长和任飞的认可。在一开始任飞是很不情愿张诚加入的。但后来经过接触他发现，这位老警员是一个很好的人。张诚表面对人很严厉，但他其实是一个外冷内热的人，也许是长时间干警察这一行的原因，让他的那份热心藏在了心里面。这样那些不了解他的人，就会认为他是自傲，看不起身边的人。张诚在的这段时间，他把他积累的一些宝贵的侦查经验，教给了与他合作的年轻警员。按他的话说就是，一个人能破案不是什么了不起的事，更重要的是能让更多的警察能破得了案那才是功绩。因为一个案件的侦破往往靠的不是一个人的努力，而是一个团队的合作。

张诚还特地和任飞说，有时间一定要找林凡出来好好聊聊。这个原来他认为不起眼的私家侦探，这段时间给他带来不小的冲击。他发现林凡最与众不同的是他考虑问题的方式还有对细节问题的把握。可能最让张诚觉得林凡比他厉害的地方，就是考虑问题的方式，而这种东西是不可言传，也是不可复制，更是学习不了的。

张诚和任飞在房间里聊着天，提到林凡的时候，让任飞想起了刘斌对他说的话。他们约好等任飞下班后一起去看林凡的。由于时间还早，任飞想应该提前通知林凡一下，因为现在林凡身边有个女人，虽然是很好的朋友，但还是要早点说一下，让林凡做好准备。可是打了电话，电话还是无人接听。如果林凡出去了，现在也应该回来了。林凡这个时候

是不应该在外面跑的，他的身体吃不消，这让任飞觉得有点奇怪。

看到任飞的表情有些怪，张诚忙问怎么了。任飞随口便把林凡的事告诉了他。张诚笑着对任飞说："林凡这小子还真有本事。"

任飞说："那是，还有好多事你不知道。"

张诚笑得更开心了，可笑着笑着，他脸上的笑容没了。

任飞一见张诚的样子就觉得不对劲，"怎么了？"

张诚盯着任飞说："你觉得林凡可能会去哪里？"

任飞说："这我哪能知道？"

张诚说："那你又觉得贾故实可能会去哪里？"

任飞说："我哪知道，我要是知道……"可话说了一半，任飞的心就咯噔一下，他明白张诚的意思。

张诚说："以现在林凡的情况，他是不可能乱跑的，我们找凶手找了这么久，他不可能就这样轻而易举地消失了。"

任飞说："你的意思是，那凶手现在就在……"任飞没有把话说完。

张诚点了点头说："有可能。"

任飞跳了起来，"要是那混蛋在，那林凡不就只有等死的份了！"说着就冲了出去，张诚也赶紧赶了出去。但是这次张诚没有叫上别人，因为这一次只是猜测。他想和任飞去看看，他相信以自己和任飞的本事，凶手应该不难对付。虽然他年纪大了些，可是身手还在，他有这个自信，也有这个把握。

贾故实等着林凡的问题，到现在为止很多事情都是他没有想到的。他没想到林凡会这么镇定，没想到林凡会提出那样的要求，更没想到林凡会提出那样的问题。难道这么短的时间他就会有这么严谨的思路？难道这仅仅只是巧合？

林凡说："有一对姐妹，她们的母亲过世了，在葬礼上妹妹看到了她姐姐的一个朋友，对他一见钟情，没过几天，姐姐被杀害了。有两个问题，一是姐姐是谁杀的，二是为什么要杀她。"

钱秀男这次觉得林凡所提的问题像个问题了。可是这个与现在的情况根本没有半点联系的问题问来干什么。钱秀男觉得林凡更应该问的是贾故实为什么要来，或者更应该提醒贾故实让他去自首，这才是正理。不过这个问题，也让钱秀男考虑了起来，她认为应该是妹妹杀的，虽然她不知道妹妹为什么要杀姐姐，但这里面只有三个人出现，除了妹妹没有其他人可以选择。钱秀男看着贾故实，等着他的答案。

　　贾故实想了想说："杀姐姐的人是妹妹，因为妹妹想再次见到她心上人。"

　　林凡没有说话，他好像决定了只问问题不提供答案。

　　贾故实的答案一出来，钱秀男就觉得恶心，起了一身的鸡皮疙瘩。不仅仅是因为这个答案让她觉得恶心，更重要的是这话是从贾故实嘴里说出来的。这个答案让钱秀男很快就把贾故实和"变态"二字联系到了一起。

　　让钱秀男没想到的是，贾故实又把一颗子弹放到了枪里。接着贾故实就把枪放下，等着林凡问问题。

　　林凡看着贾故实上子弹，眼睛里闪过一道莫名的光！

　　林凡和贾故实之间似乎很有默契。林凡不说答案，也不问他为什么放子弹，而贾故实也一样，他没说理由，他这样做好像是巴不得自己快点死一样。

　　三个问题两颗子弹。

　　林凡说："'1112'号柜子里装着的东西有什么？"

　　贾故实说："灵石！"

　　林凡说："还有？"

　　贾故实说："毛巾。"

　　林凡说："还有？"

　　贾故实想了想，"没有什么了！"

　　林凡说："还有！"

　　贾故实跳了起来，"真的没有了，只有那些东西！"

林凡冷冷地说："还有血！还有那些无辜的人的血！还有那些脏水！"

贾故实听着林凡的话，愣住了！他不明白林凡为什么要说这些。

林凡接着说："你用这些东西包着灵石，你每次都说对灵石要'诚'，可你却用这些东西包着它！你侮辱了灵石！"

"不是这样！不是这样！是它害我！是它告诉我要这样做！我不得已才把它给你们，如果我再留着它，它只会害我，害别人，我只有这样做，真的！真的！……"说着贾故实痛苦地低下了头。

林凡却没有管贾故实现在的这个样子，他冷冷地说："选子弹！"

贾故实一听，就冲到林凡面前，死命地抓住林凡，"你还有问题，你才问了四个问题，你还有两个问题！"

林凡说："没有了，再没有问题了。"

"还有，还有，你还有两个问题！你不能破坏规则！你必须问！"

林凡说："六个问题都问完了，你该做你要做的事了！"

听了这话，贾故实呆呆地往后退，他明白问题结束了。他要开始选择！

贾故实苦笑了笑，"我输了，从头到尾我都输了。"而钱秀男虽然知道贾故实输了，却不知道他到底输在了哪里。贾故实把留下的四颗子弹都上到了枪膛里，然后他把枪对准自己的脑袋，"既然是这样，我只有听天由命了。"

一切都应该结束了，钱秀男心里深深地舒了一口气。林凡赢了，他们终于可以继续活着。

"等等！"

钱秀男看着林凡，真不明白林凡在这个时候又要说什么，还有什么可说的。

贾故实放下枪，"怎么，你不想让我死?"

林凡冷冷地看着贾故实说："你想死，没人拦着，可是你死不了！"

"我怎么死不了?"

林凡笑笑说："因为子弹是假的！"

贾故实听了又是一愣，"你凭什么说子弹是假的？"

林凡说："刚开始枪是空的，为什么子弹不可能是假的？"

"你怎么知道?!"贾故实的目光就像狼一样凶狠。

林凡说："我不知道，这只是我的感觉。也许是因为刚才你对我开的那一枪。我本应该是死定了，可是我没有死。就在你扣动扳机后的那一刹那，我突然有了这种感觉。"

"你就凭这个认为子弹是假的？"

"还有，你准备对自己开一枪的那种坚决，没有一点的犹豫！"

贾故实哈哈大笑，似乎听到了这世界上最荒唐的笑话，"我看你是疯了，好！你说这子弹是假的，那我们就来试试它到底是真还是假！"说着贾故实把枪口对准了林凡。

这戏剧性的转变，让钱秀男看在眼里，急在心里。原来对林凡的所作所为，钱秀男虽然有很多的不明白，甚至是觉得不可理喻，可她知道林凡做的都是有一定道理的，可是这一次，她不能再理解林凡了。不管子弹是真是假，为什么林凡不等贾故实开完那一枪再说呢，可这子弹如果是真的呢？现在的枪口可是对着林凡的，不是对着贾故实的，如果要试子弹的真假，无论发生什么样的情况对林凡只有坏处，没有好处！

贾故实冷冷地看着林凡，"你现在一点不害怕，你就那么确信这子弹是假的？"

林凡说："你可以开枪试试，结果很快就出来了！"

这个时候贾故实却突然把枪口一转，对着自己的脑袋扣动了扳机……

任飞的警车就像疯了一样在街上冲着，那刺耳的警报声，让任飞的脑子都快炸开了。他越想越觉得张诚的话是对的，越想越觉得有道理。按刘斌在电话里对他说的以及自己屡打电话不通的情况，他觉得这些太不正常了。就算是林凡休息了，那钱秀男一定在。就算是他们出去了，那为什么打钱秀男的电话也不接呢？这些情况在平时是可能的，可是现在他越想越觉得不可能。

如果凶手真的在林凡家，那现在情况怎么样了呢？这个结果任飞想了都觉得后怕。却粗心没有在意林凡不接电话的事，在刘斌告诉他也没有打通电话的时候，他还是没有在意。如果真出了什么事，那他还真过不了自己那一关。

钱秀男吓得闭上了眼，但枪没有响。钱秀男睁开眼，看见贾故实呆呆地站在那里，眼睛就好像死了一样瞪得老直。就好像刚才那一枪已经打响，他现在已经没有了生命似的！

林凡说："上次你没有打死我，这不是注定，这只是你玩的一个把戏，让我相信你所说的话。在我问完所有的问题后，你敢对自己开那一枪，我更加肯定了我的这个想法。因为你的举动太快，快得就像是来这里送死一样。因为我知道你不是为这个来的，你也不想死在这里。你所做的一切都是为了别的原因，所以我认定这颗子弹是假的！"

而此刻的贾故实就好像死了一样一动不动，林凡所说的话，他好像一句也没有听进去。

钱秀男知道林凡赢了，可是真的赢了吗？她突然觉得这才是真正的开始，原来她以为问题的开始才是开始，现在却觉得这一刻，在林凡把贾故实精神击溃的这一刻才是考验的真正开始。因为从这一刻开始贾故实将会做些什么，他们都不得而知。而当一个人精神被击溃了，他什么事都会做得出来。

贾故实那死了一样的眼睛，慢慢地开始变得冷酷……

29. 知音难求

任飞正往林凡家赶着，刘斌打来了电话。他说他正在去林凡家的路上，他今天眼皮总是跳得厉害，老觉得会出什么事。

任飞在电话里对刘斌吼："你为什么早不去，我跟你说，要是林凡出了什么事，我活埋了你！到了林凡家你小心点，林凡可能真的出事了！"任飞并没有阻止刘斌去林凡家。因为任飞知道刘斌的身手，以前刘斌当过特种兵，这个时候如果有刘斌的帮忙那再好不过了。

刘斌听着任飞在电话里吼，心里就火得不行，可是后面一听到林凡可能出事了，他的心一下就提起来了。虽然刘斌不是干警察这行的，也不是什么侦探，但他当过特种兵，以前林凡的一些案子他也帮过忙，他知道刚才任飞说的不是疯话气话，再说以任飞的为人不会开这样的玩笑。

等刘斌赶到林凡楼下的时候，就看到了任飞。他们俩对看了一眼，什么也没说，就往林凡家冲。在电梯里他们三个迅速分配了一下任务。不管事情有没有可能，总要做好最好的准备。

贾故实又坐回到沙发上，冷冷地看着林凡。此刻，贾故实的眼睛就像夜里的恶鬼一样，"可我为什么要那样做，那对我有什么好处？"

林凡说："这个问题应该问你自己！"

"可我不知道答案，我要问你！"

"既然你还不敢对自己承认，那就让我来告诉你！"林凡说，"你留下信，留下图画，留下线索，就是怕别人不知道，更确切地说，你是怕没人了解你，没有人相信你。你希望大家相信你自己编造的杀人理由，哪怕只有一个人相信你，哪怕只是在心里相信你！这就是你来这的目的，你不是为了玩游戏来的，不是为了威胁我来的，你在这里等了一个多月，要的就是这个！这是你在你的计划失败后唯一能让自己觉得胜利的把戏。可是我告诉你，你失败了！你以为你刚才的那些表现，会让我们觉得你疯了，你不怕死？你错了！你比谁都怕死！"

"我没有失败，我不可能会失败！"贾故实嚷道。他拿起枪对着林凡疯狂地扣动着扳机。可是他忘了这子弹是假的，根本打不死林凡。林凡坐在那儿面不改色地看着贾故实发疯。林凡知道这一次他的死期真的不远了。

贾故实突然笑了，他对林凡说："我竟然忘了这手枪里面的子弹是假的，所以你不害怕，不是吗？"说着，他把枪里的假子弹都倒出来，又从口袋里拿出了几颗子弹。把子弹都装上去。贾故实抬头阴沉沉地看着林凡说："那你猜猜现在的这些子弹是真的还是假的?"

钱秀男知道这一次的子弹一定是真的。可是林凡却笑笑说："真的永远假不了,假的永远也真不了。"

"我本来以为今天我来,你会了解我的,因为我知道你和我是一样的人。"贾故实说。

"我们永远不会是同样的人,你现在应该去照照镜子,看看你现在的这个样子,你以为现在的人不是你吗?杀人的那个是你,装疯的那个是你,正常的那个人也是你,你比谁都清楚。"林凡说。

"现在我才明白,我错了!我今天上了你的当,原来我以为我今天赢定了,没想到我却输了。不过不要紧,不到最后谁也不知道输赢,不是吗?"说着贾故实再一次把枪对准了林凡。

"去自首吧,每个人都应该为自己所做的事承担责任。"林凡说。

"我用得着自首吗?你们谁也抓不住我!包括你在内,我现在就杀了你,然后就从这个世界上消失,让你们谁也找不到我!"

林凡轻轻地叹了口气。

看着林凡的样子,贾故实哈哈大笑。贾故实又坐回到沙发上,他慢慢地把枪放下说:"你知道我现在在想什么吗?"

"你在想是不是该杀了我?"

"不是,我现在在想,怎样才能让你低头!"说着贾故实从口袋里拿出了那把手术刀。手术刀泛着冷冷的光,刀上映着贾故实那张变了形的脸……

"可是你不要忘了,你答应过我的事!"

"我说过,我是个疯子,我原来答应过什么我都忘了,也许你现在向我低头,我可能会记起来。"贾故实说。

林凡说:"我再给你一次机会。"

"机会?我现在还需要机会吗?我看你们才需要我给你们一次机会!"说着贾故实显得得意极了。

贾故实看着手里的那把手术刀,用手指轻轻地抚摸着刀锋,"你知道吗？这东西割在人身上的感觉好极了，只要轻轻一划，血就会流出来。"说着贾故实闭上了眼，"那味道，感觉好极了，真的，你要不要试试？"

正在贾故实闭着眼睛说话时，林凡悄悄站了起来。钱秀男根本不敢相信自己的眼睛，她不知道坐在身边的林凡什么时候挣脱了绳子。只见林凡的手里流着血，手里拿着刀片。

林凡说："可惜的是你今天谁也杀不了！"

"是吗？"贾故实笑着睁开了眼睛……可是当他看到林凡站在他的面前的时候，他脸上的笑容一下就僵住了！

林凡说："我们现在还可以玩一个游戏，我们手里都有刀，虽然我手里的刀比你的差了些，不过也是刀。枪就在我们中间，我们看看谁更快些。"

贾故实问："如果有谁慢了呢？"

林凡说："那谁知道，所以你最好不要比我慢！"

贾故实慢慢地站起来。他们紧盯着对方，比看初恋情人还要专注。可是他们谁也没有动，钱秀男都不敢再看下去，她知道林凡的身体还没有康复，还很虚弱，再加上刚才一直被绑着，体力消耗很大，在这样的情况下他能赢过贾故实吗？

这个时候门口突然传来了敲门声，接着就是刘斌的声音："林凡，你小子在不在，快开门！"

可是林凡却没有回答刘斌，现在他只有靠自己，贾故实是不可能让他去开这个门的，他一定会在刘斌他们进来之前动手。这个时候贾故实却好像并不急，他的神色一点也没有变。

钱秀男真希望刘斌他们快点冲进来，她想向门口移，可是没有力气，她动不了，她又说不了话，急得她出了一身的汗……钱秀男用力移着椅子，她一下没留神"咚"的一声倒在了地上。

贾故实笑了，他弯腰伸手去拿茶几上的枪。林凡这个时候也动了……

椅子倒地的声音被任飞他们听到了，这个屋子里有人！可为什么不开门呢？任飞看了看刘斌，那意思是，完了，真的出事了。接着他们就开始撞门，可是这防盗门哪里能撞得开。他们只能在门外面干着急，没有办法。

贾故实倒在沙发上，手上全是血。他手里拿着的刀已经掉到了地上。林凡还在那里站着，手里拿着枪。黑洞洞的枪口对着贾故实。贾故实看着，哈哈大笑起来。他疯了一样跳起来直往林凡身上撞了过去……

贾故实的笑声传到了门外。这下可把任飞他们给急得差点要拆房子。无论谁也听得出来，这笑声不是正常的笑声。这是一个人在被逼得发疯的时候发出的笑声！可这会是林凡的笑声吗？

林凡没有开枪打冲过来的贾故实。他用枪托狠狠地朝着贾故实的脑袋砸下去。这一下让贾故实结结实实地倒了下去，贾故实的脑袋顿时鲜血直流，可他却没有昏过去，他冲着林凡大笑着，"我就知道，我就知道，你和我是同样的人，哈哈！"

林凡没有理他，他走到钱秀男身边帮她解开了绳子，"快去开门！"

钱秀男冲过去打开门，一看到任飞的脸，钱秀男的眼泪就流了下来，她冲上去抱住任飞，"你们终于来了！"说完就哭得说不出话来。

看到门开了，林凡转身走进了卫生间。

任飞他们没想到钱秀男这个时候能把门打开。看到了她，他们多少松了口气，至少她没有事。就在钱秀男抱着任飞的时候，刘斌和张诚冲进了房间里。

林凡站在房间里，背对着他们。刘斌走过去，"小子，你没事吧，刚才不开门……"他正说着，突然看到了林凡对面的地板上躺着一个满头是血的人！刘斌再看看林凡，却看到林凡流血的手里拿着一面镜子，对着地上躺着的那个人。

林凡说："你看，这是谁？这面镜子没有破，你可以找到你自己了。"

贾故实死死地盯着镜子里的人哈哈大笑，"我就说你不该来的，你偏要来，你不听我的，这就是你的结果！"笑着的贾故实又哭了起来，"求你放了我，我不是真心要那样做，你不要再逼我！……"

刘斌和张诚看着他的样子，看着他那张满是血的脸，心里有种说不出的感觉。他们不知道这个人为什么会这样。现在的贾故实似乎不知道自己是谁。

第六章　蓦然回首

　　林凡说："你错了！这不是你放在柜子里的那块石头！这只是我在清云庵后山按照你那块石头的大小捡的一块石头，而且这块石头根本就不是在灵塔附近。在清云山上这样的石头有很多，而你的灵石在这！"说着陈小东从门外走进来，他的手里拿着一块被透明的塑料袋装着的石头，上面还沾着血迹。

30. 生活如旧

刘斌看着地上的人，又看了看林凡："这是怎么回事？"

林凡却没有回答刘斌，他头歪了歪，倒了下去……

这下可把任飞他们吓坏了，任飞还以为林凡被贾故实打伤了，可再一看发现林凡身上除了手上并没有其他的伤。

任飞先把贾故实从地上抓起来，铐在椅子上。任飞还是第一次这么近距离看到贾故实。就是这个人让他们折腾了这么久，就是这个人杀害了那么多无辜的人。看着贾故实那张苍白又满是鲜血的脸，任飞真恨不能冲上去给他几个耳光，问问他到底为什么要这样做。

刘斌他们这个时候已经把林凡扶到了沙发上，钱秀男把毛巾弄湿了盖在了林凡的额头上。钱秀男知道林凡只是体力透支了，才昏了过去。想想刚才所发生的一切，钱秀男的心现在还在狂跳着，她现在还不知道林凡是怎么把绳子解开的。

钱秀男抓着林凡的手，哭着说："林凡，林凡，你没事吧？"

林凡醒了过来，笑着说："我没事。"说完他看着张诚，"你们来了就好了，看来我的电话线没有白白拔掉。"

张诚没有问到底发生了什么事，他转身走向贾故实。他仔细地看了看面前这个像疯子一样的人。

任飞问："你就是贾故实？"

贾故实只是坐在那里傻傻地笑着，嘴里不知道在念叨些什么，似乎根本就没有听到任飞的问话，也没有看到任飞这个人。

任飞转过头看了看张诚，"是不是刚才林凡把这小子打傻了，你看看他这个样子！"

张诚说："他傻不傻我不知道，我只知道抓住了他，比什么都好！"

刘斌也走过来，"这是什么人，你们要抓的就是他？"

任飞说："你不需要知道他是什么人，你只要知道他不是个东西就行！"

林凡躺在沙发上，挣扎着坐起来，"他没有疯，你们小心点，警局的人什么时候到？"

任飞说："已经打了电话了，很快就到，这小子现在是跑不了了。"

张诚说："林凡，刚才这里发生了什么？"

林凡说："说来话长，等过些时候我再告诉你们。"

事情的发生就是那么不期而遇。这个贾故实他们千寻万找都找不到，没想到他们今天一来到林凡的家里，就把他抓住了。回想到整个案子的前前后后，任飞看着眼前这个人，他努力想把他和自己想象的人联系到一起，可是他怎么想也没想到，面前这个傻傻的像疯子一样的人，会做出这样的事来。

任飞拉了拉张诚，"你觉得他不是疯了？我怎么越看他越像个疯子？"

张诚说："他的确像个疯子，太像疯子了。"

任飞说："你的意思是他不是疯子？"

张诚说："这个，你要问林凡，他比我们更清楚。"

他们正说着话，窗外传来了一阵刺耳的警报声，是警局的人来了。带队的正是刘局长。刚才在电话里，刘局长问任飞在哪抓到这个凶手的时候，任飞却告诉了他一个他根本不可能想到的答案——林凡家里。

刘局长也终于明白为什么找了这么久，找了这么多的地方，都没办法找到这个凶手。他们一直奇怪凶手为什么一直没有露面，难道他不住宿，不吃饭？原来贾故实藏进了林凡的家里。什么叫灯下黑，这就是真正的灯下黑，他们又怎么会想到跑到林凡的家里去找凶手呢。

刘局长一进门就看到林凡躺在了沙发上。

刘局长赶紧上前问："林凡，怎么样了，不要紧吧？"

面前的林凡已经不再是刘局长平时看到的那个林凡，眼前的林凡显得虚弱而又苍白，原来那双发亮的眼睛现在已经没有了什么神采。看着脸色苍白的林凡，再看看旁边那个满是鲜血的人，刘局长觉得心里头有些堵得慌。在路上他一直想凶手怎么会在林凡家里被抓住了，在任飞给他的电话里，任飞只简单说是林凡把凶手抓住了，可是刘局长知道现在的林凡不要说抓人，让他抓只鸡可能都不行。而林凡又是怎么对付这样一个冷血而又有准备的杀人犯呢？

林凡笑笑说："我没事，就是有些累。"刘局长这才放了心。当他回过头看到椅子上的贾故实的时候，刘局长的心才真正落了地。他并不是不相信任飞的话，但见到了贾故实，就说明这么多天的辛苦，他们总算没有白忙活，他们所做的一切都是值得的。

刘局长对任飞说："先把凶犯送到局里去，记得叫医生，别让他死了。"

跟刘局长上楼来的警员都很想看看，这个让他们找了那么久的凶手到底是个什么样的人。任飞瞪着他们，"都别看了，把他带回局里去，记得看好了。"

等他们把贾故实押下了楼，刘局长和林凡说了几句话就和任飞、张诚先回警局了。

等他们都走了，林凡笑着对刘斌说："我现在突然有点饿了。"

刘斌一听笑了，"说你是个吃货，你还真是，想吃什么？"

刘斌说："你等一下，我就回来。"说着他就下楼了。

刚才，林凡一心一意对付贾故实，对于身边的钱秀男并没有太多的留意。因为林凡根本没有时间去考虑，他知道只有自己先松了绑，自己打败了贾故实才有可能救钱秀男。钱秀男现在的样子也好不到哪里去。她披头散发，脸上全是泪痕，眼睛有些红肿，脸上化的妆也全花了，和刚进这屋子的时候简直就是两个世界的人。此刻钱秀男看着林凡，眼神全是关心和柔情……

这一刻林凡发现自己又回到了原来的生活里，"不好意思，你没事吧？"

钱秀男的眼睛又红了，"没事，就是刚才差点被你吓死了。那个人简直就是个疯子！"

疯子！是啊，人人都觉得贾故实是一个疯子。钱秀男的话让林凡想起了刚才的情景。林凡说："你觉得他是个疯子？"

钱秀男恨恨地说："他不是疯子，那谁是疯子，不过……"

"不过什么？"

钱秀男说："不过，他又不太像个疯子。"

林凡说："怎么这样说？"

钱秀男说："我也不知道，反正感觉像，但有时候感觉又不像。"

钱秀男说："你为什么要那样做？"

林凡说："什么那样做？"

钱秀男说："你为什么要把判断答案对错的权利交给那个疯子呢，你不是在找死吗？"

林凡说："我不是说了，那子弹是假的。"

钱秀男说："你怎么那么肯定，万一要是真的呢？"

林凡说："你不明白。"

那子弹到底是真是假，这个问题钱秀男到现在也不知道。林凡怎么想的，也许除了林凡没有人会那样想，那样做。

钱秀男说："你刚开始时怎么总是催那个疯子问问题？好像巴不得快点开始一样，本来你应该拖些时间等任飞他们来的。"

林凡说："你要知道贾故实是一个多么喜欢占据主动的人，在那个时候他多么想掌握所有的一切。这样的时候，我要是不急，故意拖时间，那他一定会知道我的用心，就一定会更加小心，那我的机会就更少了。"

钱秀男笑着说："你可真够鬼的！"

林凡说："其实他有句话说得有一定的道理，我和他是一样的人！"

钱秀男不明白林凡怎么会和那疯子是一样的人。现在她想想所发生的一切，这生与死，输与赢，就在那么一刹那。钱秀男觉得再想起刚才发生的事，都觉得有些乱。在林凡和贾故实玩那个"游戏"的时候，她有时候觉得时间过得太快了，而有时候却又觉得时间过得那么慢，慢得让她透不过气来。

钱秀男说："刚才他对你开那一枪的时候，你怕吗?"

林凡说："那你怕吗?"

钱秀男想了想说："又怕又不怕，我也形容不出来是个什么感觉。你呢?"

林凡说："没有人不怕死，当时我也害怕，特别是听到枪被扣响的时候，你会突然想到很多事。"

钱秀男说："你当时想到了什么?"

林凡说："想到了我的师父，其他的记不起来了。"说着林凡闭上了眼。

钱秀男上前轻轻地抚摸着林凡的头发问："没有想到我?"

林凡睁开眼，坏坏地笑着说："好像有，又好像没有。"

钱秀男朝林凡的手臂往死里拧了一把说："你这个混蛋!"

啊——

钱秀男把头靠在林凡的怀里，窗外温暖的阳光照进来，照着林凡和钱秀男两个人的脸……

不大一会儿，刘斌就兴冲冲地回来了。这一次他带了很多好吃的，还特意帮林凡买了鸡汤。钱秀男拎起刘斌买的啤酒说："你这个时候还买啤酒来，你没事儿吧?"

刘斌说："这是买给我自己喝的，你要喝也行，不过要给钱。"

钱秀男说："你买这么多东西干吗，吃不完多浪费呀。"

刘斌说："可以留到明天吃，我准备在这里住几天，反正也没什么事。"

钱秀男看着刘斌，"你准备在这里住几天?"

"怎么，不行?"

"不行!"

"你又不是林凡，你凭什么说不行?"

"我说不行就不行!"

……

看着他们，林凡抓了抓头皮，心想，这才是生活啊！

31. 终有所报

经过几天的调理，林凡的精神和体力都恢复了很多。自从上次贾故实被带走后，林凡就再也没有见过他。林凡也再没有去过警察局，不过林凡知道等待贾故实的一定是法律的严惩。

贾故实自从被抓住以后，就没有再说过一句话，有吃的他就吃，有水喝就喝水，一副呆呆傻傻的样子。任飞他们对贾故实提审的时候，他也是这个样子，每一次都是一样。

经过化验发现，在第一封寄到警局的信里那个"8"字下半部分的血还有后来寄到警局的信里的血与贾故实的血完全吻合。在贾故实暗室和他的日记本上的血迹也都和贾故实的血相吻合。这个成了最强有力的证据。

可是贾故实却对警察的讯问一点也不理睬，问什么也不答话。这把任飞恨得牙痒痒的，他恨不得上去踢他几脚。可是他是警察，不能这么干。任飞越看越觉得气，越看越想打贾故实。可贾故实就好像在梦游一样，谁也不理，眼睛呆呆地看着地板。

等到第五次提审贾故实的时候，任飞再也受不了了。他冲到贾故实面前，抓起他的衣领子，"你要是再不说话，别怪我不客气，今天就算这警察的活儿丢了，我也要教训教训你！"听着任飞的话，贾故实呆呆地转过头，看着任飞笑了。贾故实说："你想让我说话，我答应你！可是我有个条件。"

任飞没想到贾故实突然说话了，这倒把他给吓了一跳。任飞把贾故实甩到一边说："你现在还敢跟我谈条件？"

贾故实说："你不答应，我就永远不说话，反正是个死，随便你们怎么样！"

任飞点了一根烟，深深地吸了一口，他真恨不得现在就把贾故实给

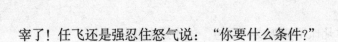

宰了！任飞还是强忍住怒气说："你要什么条件？"

贾故实说："我要见一个人。"

"谁？"

"林凡！"

"什么时候？"

"现在！"

"如果我不答应呢？"

"你会答应的，不是吗？"

看着贾故实那副嚣张的样子，想想他原来装疯卖傻的神情，任飞冲过去照着贾故实就是一脚，叫道："把林凡叫来！"

贾故实被任飞踢倒在地上，他却反常地哈哈大笑起来。

其实林凡这几天也没闲着，他把整个案子梳理了一遍。他又看了一次那本记事本，再加上在贾故实家所看到的，他感觉对这个案子看得更通透了。当他得知贾故实提审的时候，一句话都不说，却要找他的时候，林凡马上就明白贾故实这一次为什么要找他了。

来到警局，他先找到了陈小东，要他把凶手放在储物柜里的那块灵石拿出来，等到适当时候，就让陈小东拿进审讯室去。虽然陈小东不明白林凡到底要那块灵石干什么，但他还是照做了。林凡去的时候还带着一包东西，看样子还很沉。

陈小东问林凡："凡哥，你手里拿的是什么东西，能不能让我看看？"

林凡神秘地说："当然是好东西，不过不能给你看，你一看就不灵了，我这东西可是宝贝！"

一听林凡这样说，陈小东更想看了，可是林凡死活不给陈小东看，搞得陈小东心里痒痒的。

林凡走进审讯室的时候，手里就抱着他带来的那包东西。

在审讯室里坐着的还有张诚和任飞。

看到林凡来了，任飞马上站起来对林凡说："这混蛋找你有什么事，是不是上次被你弄得太惨了，这次来找你的麻烦？"

林凡笑笑说："他还能找什么麻烦，他现在最大的麻烦就是自己。"

任飞看了看林凡手里的东西，"你带什么来了？"

林凡说："宝贝！"

任飞听了就乐了，"怎么你这个时候还有心情弄这些？"

林凡神秘地说："等下你就知道了！"

和张诚打过招呼后，林凡把手里的东西放在桌子上。张诚看着林凡带来的包，却没有问那包里是什么东西。张诚看着林凡笑着，他知道等一下将会看到一场很精彩的戏。张诚知道贾故实现在虽然被抓了，可是贾故实还不肯认输，因为他只认为在林凡面前输过。张诚想，这一次贾故实找林凡，会不会是想打败林凡来满足他那变态的心理呢？

看了贾故实好半天，林凡也没有说话。而贾故实好像也不急，他也看着林凡，这两个曾经在前几天还在拿生死相斗的人又见面了。

桌上的东西在这个房间里显得那么引人注目。贾故实看着桌上的东西问："你拿来什么东西？"

林凡却没有回答贾故实的问题，"如果你没什么事，我就走了，你也可以继续不说话，直到死刑到来的那一天。"

贾故实笑了，"想想就在前几天，在你家我们的位置却完全不同。"

林凡说："没有什么不同，无论在哪里，你还是你，我还是我，都改变不了！"

贾故实说："你真的应该去当哲学家！"

林凡说："可惜你看不到我当哲学家的那一天。"

眼前的情景仿佛又回到了林凡的家里，他们也是这样面对面地坐着，面对面说着话。可是现在就像贾故实说的那样，他们的位置却完全不同了。

贾故实说："想问你几个问题，要不然我死也不甘心！"

林凡说："你说！"

贾故实说："你是怎么解开绳子的？"

林凡说："你在绑我朋友的时候，我顺手把桌上的刀片插到了皮带上。"

贾故实抬头呆呆地看了看天花板，似乎在回想那个时候的情景。想着他摇了摇头说："大意了，大意了！我以为你重伤过后，就用不着担心什么了。"

沉默了一会儿，贾故实又问："你那天为什么不问我关于案子的问题？"

林凡说："你觉得我会问吗？"

贾故实点了点头。

林凡说："如果我问了，就上了你的当，所以我不会问！"

贾故实又点了点头，"好了，我没什么要问的了，遇到你我输得心服口服。你们要问什么，我都回答，一点也不保留。"

张诚和任飞相互看了看，他们没想到贾故实会这么老实，愿意把所有的一切都说出来。因为在前几次提审的时候，贾故实根本就不说话。现在贾故实只和林凡说了这么几句简单的话，贾故实就老实了。林凡和贾故实在林凡家里到底发生了什么，张诚和任飞还没来得及问林凡，张诚相信贾故实之所以这样，一定和在林凡家发生的事有关。

林凡问："在你说的那个梦里你梦到了什么？"

贾故实颇为欣赏地看着林凡，"这的确是一个好问题。"

那本死亡日记张诚和任飞他们都看过，关于日记里所说的那个梦，也就是林凡现在问的这个梦，也是张诚他们一直以来想知道的。他们不知道问了贾故实多少次，可是都没有得到答案。可是让任飞没想到的是，林凡问的第一个问题会是这个。按任飞的想法，如果让他来问，他一定会问贾故实是怎么作的案等此类的情况。可惜任飞不是林凡。

贾故实眼睛看着天花板说："那一天我去清云庵，庵里的觉静师父告诉我，清云庵后山有灵石，于是我去了。你们知道吗，当时我看到它们，我就觉得有种奇怪的感觉。我觉得它是我的，于是我带了一块灵石回家，那天晚上我把灵石放到我的枕头边，我希望能睡上一个好觉，因为我很久没睡上一个好觉了。那一晚，我真的睡得很香甜。"说着贾故实的脸上露出了开心的笑容，"那一晚，我梦到灵石对我说话，它对我说，是我选择了它，这都是注定的。它说我是注定要帮它来完成它不能完成的使命。它告诉我它其实是女娲补天的时候，流落凡间的石头，它到凡间来为的是寻找它梦里的女子。它告诉我它的梦叫'红楼梦'，它要我帮它找到这些女子，把她们带到天上的某个地方，帮它完成这个心愿。如果我答应了就治好我的病，让我不再受到无法忍受的头痛的折磨。它告诉我其实我的病是我和它的缘，没有这个病我和它就不能相遇。"

在这断断续续的话语里，充满了贾故实某种不可名状的痴迷的语气。他不是在说一个故事，不是在说一个梦，那样子就好像他所说的梦是真的，真得就好像贾故实这个人一样。贾故实说话时候的情形，让任飞看了都有些害怕，他怕现在这个时候自己会相信贾故实，相信这个梦和这个故事是真的……

听着贾故实的话，林凡脸上却没有一点表情。等贾故实说完了，林凡疑惑地问："你的病就那样好了？"

贾故实突然坐直了身子，眼睛里闪着光说："也许你不信，开始的时候我也不信，我也认为只是一个奇怪的梦。可是从那天晚上起我的头痛再也没有发作过。过了一个多月我真的没有死，我去找医生。结果医生告诉我，没有发现我脑里的癌细胞。你根本不知道当时我的心情是怎么样的，你根本无法想象医生当时的表情。从那一刻我知道，这都是注定的，它让我活下来是为了完成它交给我的使命！因为我在梦里答应了它，所以它让我的病好了！"

任飞看了看林凡，心想：难道这个疯子连续杀人就是因为这个，为了这样一个"梦"就去杀人？张诚轻轻地叹了口气。原来人的心灵是这样的脆弱，脆弱得会被一个梦给"骗"了。

林凡说："你就为了这个原因去杀人？"

贾故实说："我不是杀人，我是在拯救她们。我只是把她们带到另

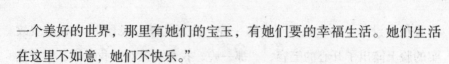

一个美好的世界，那里有她们的宝玉，有她们要的幸福生活。她们生活在这里不如意，她们不快乐。"

　　林凡说："所以你就在她们背上画画，让她们血尽而亡？"

　　贾故实说："对，我做那些，都是为了帮她们超脱。"

　　这是多么的矛盾，一边是贾故实所谓的"超脱"，一边却是那些受害者家属伤心的泪水和内心无法弥补的伤痛。与其相信贾故实是正常的，任飞现在却宁愿相信面前的这个人是一个不折不扣的疯子。可是如果再选一次，任飞觉得自己还会不惜任何代价去抓贾故实，如果可以再选一次，他宁愿这一切都只是故事，都只是梦，不要在现实中发生。

　　林凡说："你为什么要给警方留下那些东西？"

　　贾故实说："我需要有人做我的见证，证明我不是真的为了杀人，我是在帮她们。"

　　林凡说："就因为这个？"

　　贾故实说："开始是这样，可是后来，我害怕了。我知道自己错了，可是镜子里的我，总是要我那样做，还有灵石！可我又不能那样做。有时候我真希望你们快点抓到我，因为在我清醒的时候，我知道自己疯了。"说着贾故实流下泪来。

　　泪水本应该得到别人怜悯和关怀的。可是现在看着贾故实的泪水，任飞想起那些美丽而又年轻的面容。在这些面容面前，这泪水显得那么的肮脏，那么的无耻。因为一个莫须有的梦，就可以这样毫不顾虑地去杀人吗？难道仅仅流下这样的泪水就可以弥补那些被伤害的人和那些受害人的亲人吗？

　　林凡问："那你是怎么找到这些受害者的？"

　　贾故实说："其实开始我也不知道怎么去找她们。后来我在网上开博客，告诉大家我在找现实中的十二金钗，没想到有那么多的人与我联系。"

　　林凡说："你是怎么选择她们的？"

　　贾故实说："其实不只是我在选她们，她们也在选择我。这都是注定的，就像灵石说的一样，我找到她们的时候，她们同时也找到了我！"

林凡问："那你是怎么作案的？"

贾故实说："我在网上找到她们后，就在暗中观察她们。你知道吗，没想到，我第一次看到她们，觉得就是她们，这真的是注定的！我开始调查她们的情况，一个一个地去了解。为这些准备工作我花了三年的时间。"

林凡说："你到现在为止杀了几个人？"

贾故实说："六个！"

林凡说："都是谁？"

贾故实说："秦丽、李文娟、史芳婷、了缘、邓招弟、刘若诗。"

林凡皱了皱眉问："每一次案发的情况是怎么样的？"

贾故实把他怎么作案、怎么逃跑的情况一五一十地都说了出来。此刻一直困扰任飞他们的谜团终于解开了。贾故实在杀秦丽时的确是撬锁进去的，他也知道秦丽的丈夫出差四月一日才回来。李文娟以及史芳婷和他都见过面。李文娟之所以会把儿子送到她母亲那里是因为和贾故实约好了……在邓招弟那件案子里，是贾故实先将刘若诗杀害，拿走了她的钥匙，再前往邓招弟所在的花店，从后门进去将邓招弟杀害。

在一开始的时候，这个案子是那么复杂，那么多的问题让人头痛，可现在一切都搞清楚之后，整个案子却又显得那么简单，简单得就好像这只是一个故事……

林凡还是不满足，他接着说："在王凤家，你是怎么逃跑的？你为什么明明知道警察在，仍然要去作案？"

贾故实说："其实我也不想去，可是镜子里的我逼着我去，我拼命抵抗可是没有用。王凤家的楼上那几天正好有人装修，我就扮成一个送水的先躲在了房顶的水房里。我刚到王凤家门口，就听到杂乱的脚步声，我就知道是你们来了。"

林凡问："绳子也是你事先准备好的？"

贾故实点了点头。

张诚听了贾故实的话，脸上露出了嘲讽，他心里想：既然他是被逼去的，那干吗还准备好绳子，还要扮成什么送水的，这可真是好笑。原来林凡说的一点没错，面前这个面色苍白的人绝对不是疯子！

林凡又问："那天晚上是不是你亲自把盒子交到本色酒吧的？"

贾故实说："是的。"

林凡问："你为什么要那样做？"

贾故实说："这个游戏我越玩越觉得有意思，反正我知道在史芳婷家的监控录像里，你们会找到我，所以我就干脆直接来找你们。"

林凡说："你不怕我们抓住你？"

贾故实说："如果真被你们抓住，那也是注定的。"

审讯室里白色的灯光与贾故实那张脸就好像一种辉映，惨白惨白的。听着林凡和贾故实的一问一答，任飞忍不住站了起来，他抽着烟，来回地走着。他越看贾故实越觉得受不了他那张臭脸，还有他那张嘴！特别是贾故实在说"注定"这两个字的时候，任飞真想踢他几脚解解恨。

林凡问："你在房间里装摄像头，是不是知道我们会去你家，所以特意安的？"

贾故实说："是！我只是想看看你们能不能找到你们想要的东西！"

林凡问："还有没有别的原因？"

贾故实笑着说："林凡，我说过我们是同样的人。我之所以这样做，是想看看你会不会知道那些东西藏在哪。我看到你踩了我的床！"

林凡微怒："所以你就去我家，踩我的床？"

贾故实说："我没有，我把你家收拾得干干净净，这你也看到了。"

林凡问："你不会是因为想帮我收拾房间才去我家的吧？"

贾故实说："我也不知道为什么，我只是想去。其实去你家也是个偶然，记不记得上次你被车撞了？那时候我就知道你家是一个最好的藏身地方。"

问到这里，林凡笑着摇摇头，他转头看了看任飞和张诚，那意思好像是这世界居然会有这样的人！

林凡问："你为什么要把那本记事本给我？"

贾故实说："我想不到第二个人有资格看它。"

林凡说："我还有最后一个问题。"

"你问。"

"自从上次到医院检查后，你的头真的就不痛了吗？"

任飞没想到林凡会突然问到这个。而张诚却笑了，他明白林凡的意思。

贾故实也没想到林凡会问这个，他痛苦的表情回答了林凡。

林凡说："其实你的病并没有好，你只是想找个借口发泄你心里的不平衡。"说着林凡把桌上的包打开，里面是一面镜子和那块灵石。

林凡指着桌上的东西问："你看这是什么，你还认识不认识？"

贾故实说："是镜子，还有那块灵石！"

林凡说："你看仔细了，这真的就是那块灵石？"

贾故实仔细地盯着桌上的那块灵石说："我不会看错，就是它！"

林凡说："你错了！这不是你放在柜子里的那块石头！这只是我在清云庵后山按照你那块石头的大小捡的一块石头，而且这块石头根本就不是在灵塔附近。在清云山上这样的石头有很多，而你的灵石在这！"说着陈小东从门外走进来，他的手里拿着一块被透明的塑料袋装着的石头，上面还沾着血迹。

现在大家知道林凡带的那包东西是什么了，大家也终于明白林凡为什么要问这样的问题，为什么要准备这些似乎与本案完全没有关系的东西。

林凡把那块"灵石"放到桌上，然后他把镜子立起来对着那块灵石，镜子里映着灵石的样子。

林凡说："你所谓的灵石，你所谓的梦都在这里。"

贾故实愣愣地看着桌上的三块石头，两块"灵石"在桌上，而另一块却在镜子里……"这不可能，你骗我！"贾故实叫了起来，他那张苍白的脸已经涨得通红。

林凡说："我没有骗你！"

贾故实摇着头，泪水无声地流了下来，"这不可能，这不是真的……"说着他倒在了椅子上。

林凡说："你所做的任何事，都没有任何人逼你，其实从头到尾你都是正常的。你的家，那本记事本，包括你去我家玩那个所谓的游戏，都是为了让别人相信你的疯，相信你是个不折不扣的疯子。可是你却错了，你那所谓对灵石的诚，全是假的，这个你自己都知道。那些数字，那些图画，都是你为了证明自己比别人强，为了报复而设计的。在你的家里也是一样！你想在别人面前证明你的疯，证明你那所谓的梦都是真的。我现在告诉你，你那些疯和梦都是假的，想证明你自己比别人强，想发泄你觉得的老天对你的不公平，让你去杀害了那么多无辜的受害者！接下来等着你的是应有的审判！你再怎么装疯也没有用！你那所谓的注定，所谓的梦都是假的！"

张诚看着贾故实的样子，轻轻地叹了口气，这又是何苦，何苦这样去伤害别人，难道这样做对他这么重要吗？在这个世界上，在贾故实看来，难道只留下了这些吗，他只有这些可以做了吗？他本应该有事可做，去做那些有意义、可以帮助别人的事。因为他有这个能力去帮助别人，哪怕在他不多的日子里，哪怕他给予别人的只是一个微笑而已。

"如果你喜欢，这两块石头都可以给你！"说着林凡站起来走了出去。

贾故实面无表情，呆呆地看着桌上的两块石头和那面镜子。

任飞看着贾故实开心地笑了，任飞知道刚才林凡所说的话才是真正地判了贾故实死刑。

32. 最后的分析

今天晚上的月色很好，一轮又大又圆的月亮挂在天空。整个城市在这明亮的月光下，显得那么安静与祥和。

林凡、任飞和张诚三个人坐在林凡家的阳台上喝酒，聊着这么多天来发生的事。

任飞问林凡："虽然案子破了，可我还有很多问题想问你，你就没有觉得贾故实是个疯子?"

林凡说："有!"

任飞说："什么时候?"

林凡说："一开始我就认为贾故实不可能是个疯子，因为他做的这几个案子，如果他真是个疯子是不可能做得出这么详细的计划的。但在我开始看他的日记的时候，在那么一刻我的确觉得他可能是个疯子，就那么一刻。后来我重看了几遍日记后，我发现他给我看的日记，是他编造的一个大阴谋! 如果贾故实真是个疯子，那他就不会把日记给我，无论是发生什么样的情况他都会去继续杀人。你还记得你问过我，凶手为什么要把日记给我吗?"

任飞说："当然记得。"

林凡说："如果真是照他说的那样，他控制不了自己，要别人来阻止他，那本记事本根本没必要给我，而是应该给警局。他也完全可以趁他清醒的时候来自首，我就不相信他忙得连这点时间都没有，这又证明了他在编造谎言!"

任飞问："在贾故实家里的那些没有五官的人头画像之类的东西，都没让你觉得他是个疯子?"

林凡说："贾故实他做的所有计划都很周密，可是有几点疏漏败露了他的计划。"

张诚问："是哪几点?"

林凡说："一是在暗室桌子上'959595'那几个数字，这几个数字恰恰是保险箱的密码；二是保险箱里的那封信；三是贾故实放在房间里的摄像头。这几点加起来，再加上他给出的死亡日记，就可以推断他是故意让我们找到保险箱里的那封信，看到他家里的那些情景，而且他还通过摄像头来监视我们的行动。"

任飞说："可是他做这些都没有用，他的结果都是一样，他为什么

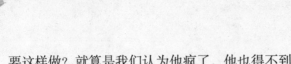

要这样做？就算是我们认为他疯了，他也得不到什么好处。"

林凡说："因为你不是他，如果你是他也一定会这样做！因为贾故实是因为怕死才相信了那个梦，但经过那次检查之后，他的头又开始痛，他觉得一切都没有了希望，于是他选择了杀人来给自己一个活着的动力，来报复，显示他的厉害，他不甘心就这样白白地死去，因为他是死也不肯输的人。"

张诚说："其实我也觉得奇怪，你为什么在问贾故实问题的时候，却不问案子里的问题？"

林凡说："你想想，贾故实为什么要到我家来的原因，你们就知道了。如果他真是个疯子，就不会来我家！正是因为他知道他再没有了下手的机会，原来的那个计划失败了。从他给我记事本开始，他就已经改变了他的计划，他要通过另一种方式来赢，而那个时候我家正好成了他养精蓄锐的地方。"

任飞点了点头。

张诚说："是啊，他无处可去，可他又为什么要找你来玩那个游戏呢？为什么不在你回来前再逃得更远些呢？这样他也不会输。"

林凡说："不如我们先分析一下贾故实的人生经历，这样我们可能更清楚一些！贾故实的父母很早就过世了，是外婆把他带大的。他从小就是贫苦出身，做过很多的苦活累活，修过锁，当过泥瓦工……现在已经没有亲人，曾经结过婚，但才结婚三年就与妻子离婚，一直并没有再娶。与妻子离婚后，贾故实开始自己创业，做过很多种生意，但都失败了，曾经一度很颓废。后来贾故实再次从泥瓦工做起，当了包工头，慢慢地发了大财。可是让他的朋友没想到的是，突然有一天他把公司解散了，人也不知去向。"

张诚说："你不会从这里面看出什么来了吧？"

林凡说："贾故实从小没有父母，结婚后离异，没有儿女，他是一个没人来爱和没人关怀的人。在他生命之中给他最多的爱的人是他的外婆，可是他的外婆却去世了。后来他结了婚却没有得到他想要的爱。如果换作是别人应该会再找一个，可是他没有，他对这方面已经失望，于是他爱的只有自己。后来他做生意失败了很多次，但是他终于成功了，他有了钱。本来这个时候是他可以享受生活的时候了，可是他却在这个时候生病了。他所拥有的一切都将很快消失，最让他不能忍受的，就是他连自己也没有了。这在他的日记里，你可以看到，里面有这样的原文。"

张诚说："于是他不甘心就这样离开，他知道自己死定了，于是就拒绝治疗，他一心一意去做他认为对的事。"

林凡说："不仅仅是这样。你想想一个从小工做到老板的人，经历一定不平凡，他一定是很自以为是的人。他有洁癖，还记得我踩他的床的事吗，这些都可以看得出他是一个心胸狭窄的人。在那次我赢了他以后，他就改变了自己的计划。这些都可以看出他的为人。甚至他之所以和警方较劲，从他的第一句话就可以看得出原因。"

任飞说："你是说'游戏'那两个字？"

林凡说："对，可能我们看到这两个字，会以为他是个疯子。现在看来这一切都只不过是他临死前设计的一个不能输的游戏。你想想他口口声声说自己疯的原因是什么？是因为灵石，那是他疯的根源。可是如果真是按他所说的那样，那他根本不会和警方玩这种把戏，他更应该默默地去做灵石要他做的事，直到把所有的人都找到并杀死，来圆他所谓的梦。可是他却没有，因为他不甘心就这样死掉，这样被人忘掉。他舍不得伤害自己，那他只有靠伤害别人来实现自己所谓的价值。那些数字、图画正是他所要的见证，可这种见证绝不是见证他的那个梦，而是见证他的本事。这也是他为什么亲自来找我们，亲自给我们盒子的原因。他杀人也是因为对这个世界的恨，恨这个世界对他的不公平。"

任飞说："那贾故实为什么要找你？"

林凡说："他以为用他的日记能够让我们相信他是疯的，他也认为我会体会到他的某种心境，他想通过我来达到他的目的。因为只要我们觉得他是个疯子，就算把他枪毙了，他也会觉得自己赢了，一是战胜了我，他认为这世上没人比他聪明，比他厉害；二是战胜警方。就如同他问我的问题一样，每一个问题都不是正常人能问的。他是为了要让我进入他的圈套里，让我相信，让钱秀男相信这是一个疯子。可他又大错特错了一点，那就是子弹是假的。如果他想做到刚才我所说的，他就必须保证我和他都得活着。而如果那个游戏真的像他说的那样，我一定会死，绝对没有活着的可能。"

张诚点了点头，"没错！"

任飞说："那你为什么要问他那些无聊的问题呢？"

林凡说："我只想当着他的面，揭穿他的把戏！像这种不怕被抓的人，从精神上击败他，才是最有效的方式！"

张诚说："你能不能解释一下，你那几个问题？"

林凡说："第一个问题是一加一等于几。如果是疯子的话，在那个特定的时候只会回答'二'，而且是很快地回答。"

任飞说："为什么？如果换作是我，我都不知道怎么回答！"

林凡说："这就证明你是正常的了！正常的人由于面临死亡就会取舍再三，而最终选择不说答案。"

任飞说："可是贾故实知道那子弹是假的，没必要怕死！"

林凡说："对，可是你不要忘了，他已经明白自己是一个必死的人，这个时候他更怕的是输，他是一个不能输的人，你要知道，他是一个那么骄傲和自信的人！而且他为了要赢，绝对不会在彻底失败之前，用明显耍赖的方式来取得他心里的目标，因为那样的胜利，他绝对不会要。可他这种人一旦彻底失败才会完全丧失理智。"

任飞点了点头。

林凡接着说："如果他真的疯了，那他的想法会非常简单，疯子为什么会疯，是因为面对平常人认为简单的问题的时候，他会想得复杂，想法奇怪，而面对我们无法面对的问题的时候，他却想法简单！"

任飞说："那你的第二个问题，你也问过我们，那是一个考变态杀人狂的问题。他回答得并没有错呀。"

林凡说："对，他是回答对了。可是他却错在选择子弹上。他把一颗子弹上到了枪里，而那颗子弹就是第二个问题的关键。"

张诚说："如果他真的是疯子，那他就会认为妹妹杀姐姐是对的，他不用上一颗子弹。"

林凡说："对！他这样不顾后果，这也从另一个方面说明子弹是假的！"

任飞说："那第三个问题，你为什么说灵石的事？"

张诚说："既然通过上面两个问题都已经确定了他是故意装疯的，那就当他的面戳穿他的把戏！彻底打败他！"

说到这里张诚心想，林凡这样做是要付出代价的，那代价可能就是生命！

林凡说："张头说的只是其中之一，我这样问，也是想看看他所说的灵石在他的心里到底意味着什么！"

张诚点了点头，"如果他真是那么相信灵石、崇敬灵石，他不可能把这块石头给我们，更不可能以这样的方式给我们！"

任飞说："你是怎么把电话线拔掉的，你哪来的时间？"

林凡说："有时候还真的有'注定'这一说，开始来了个电信公司的电话。我站在电话机边没动，趁贾故实忙着绑钱秀男的时候，我把线给拔了，还藏了把刀片。"

任飞说："你就不怕他看到？"

林凡说："当然怕，可是那时候我也是被逼的。再说我那个时候是一个病号，对于病号他的警惕性没那么高。贾故实那个时候正忙着绑钱秀男，只想着把钱秀男绑结实了。对于钱秀男，贾故实一点也不了解，对于一个不了解的人，总要多用点心，绑结实一点。万一钱秀男是个警察，那他的计划不是全泡汤了？"

张诚说："你为什么要拔电话线，你留着电话，我们打电话来，你就可以透露信息给我们，也不至于那么危险。"

林凡说："其实有了电话更危险，要感谢的是钱秀男把她的手机调成了振动，所以你们打电话来没有声音。如果电话在那个时候响了的话，那问题就会很严重。因为贾故实是一个心思缜密的人，如果我在电话里说一些让他怀疑的话，那我可能早就死了。与其这样不如拔了电话线。这样你们打电话来没有人接，你们一定会发现有问题的，到时候你们自然会来救我。"

张诚说："可这也真够危险的！如果我们迟迟未发现，那你们不是很危险？"

林凡说："我相信你们一定会发现。当时我还有一种心理，我就是想单独会会他。"

这样做，林凡就等于把自己的半条命交给了任飞他们。任飞听了这话心里多少有一些惭愧。要不是张诚先发现这个问题，现在会是个什么局面？

张诚看着林凡，看着他眼睛所发出的光彩。他不得不佩服林凡的勇气，更主要的是在那短短一两分钟以内，他能判断并做出最恰当的事。

任飞说："我还是不明白你为什么要向贾故实提那样的要求。"

林凡说："什么要求？"

任飞说："在你提问的时候，你把判断答案对错的权利给了贾故实，这样对你太不利了！"

林凡说："我是想试试我心里的想法，还有另一个更重要的原因。"

张诚说："我大概猜得出这个原因。"

任飞说："你知道？"

张诚说："因为枪在贾故实手里，这个游戏里林凡永远没有资格判断对与错。"

任飞点了点头。在那样一个环境里，就算是林凡赢了，如果不是因为他自己解开了绳子，那这些问题，这些答案的对错都是没有意义的。

林凡说："还有，那就是我想让他对我放松警惕，那个时候我没有多少时间来解开绳子了。"

任飞说："在这样危急的时刻，你想的还真多。"

林凡说："我这样做，表面上看是我吃亏，实际上是我占了便宜。"

任飞说："怎么说？"

林凡说："因为在我问问题的时候，如果让我来判断对与错，那么很可能在没有问完问题的时候，我就被他杀了。如果是由他自己来判断，那么可以多给我些时间，更可以把他的真话引出来。"

任飞说："可是他为什么要上那么多子弹，他完全可以只放一两颗子弹，然后又用疯话来骗你。"

张诚说："是这些问题和答案逼着他给自己上子弹。"

林凡说："其实还有一点，就是他必须打一枪给我看，就像他必须打我一枪又要让我活下来一样。"

任飞说："那他为什么要把他的日记给你，把那么重要的线索拿出来？他完全可以跑掉。"

林凡说："他能跑多远，跑多久？以他这样的人会愿意这样活着吗？他的计划失败了，就一定要设计另一个计划来成功。他是不会跑的，他自己都不知道自己能活多久，他要在自己安排的计划中寻求成功和刺激，他已经停不下来了。你不要忘记那本日记我是什么时候收到的，是我们发现了他所有的计划的时候收到的。他一定发现了我们对王凤的保护。"

任飞说："那本日记，你觉得是真的吗？"

林凡说："其中的一些内容是真的。因为后来我发现那本日记所记录的内容不是按时间先后写的，这里有很大的问题，很有可能是他为了计划的实施编造了一些内容。"

林凡又说："我刚才还忘说了一件事，就是在我家，你们注意到没有，我家的镜子全是好的，没有一面是破的。"

任飞说："这有什么关系？"

张诚说："你想想，如果他真是个疯子，一照镜子就会和镜子里的人对话，那他的疯病就会发作，镜子不被他砸碎才怪。"

林凡说："还有，他如果是疯子，就不会搞出这么多的事来，而只会疯狂地杀人。更不会因为警方的原因，改变作案的时间，改变作案的对象。你们想想，在前三个受害者现场他都把现场给弄干净了，而到了后面，他却因为没有时间，没有清理现场，如果他真的完全听从于那个梦，他不可能会这样做。因为无论有没有时间，他都会把现场弄干净。还有凶手原来计划在四月十七日作案，也就是在开花市的日子。我想他之所以选择这一天，就是为了报复，报复那些美好的东西。当他发现警方发现了他的意图之后，他就向报社报消息，改变了作案时间。他这哪里是发疯，他简直就是把这些事当做他最重要的事来做。”

张诚叹了口气，“你说贾故实这是何苦呢？”

林凡说：“每个人都会遇到不平和挫折，而这个时候就看你怎么面对，怎么选择，每一个选择都是要付出代价也是要负上责任的。”

第七章　那一片天空蔚蓝

　　林凡要送回来的就是那两块石头，它们本就是属于这里，以后也将一直属于这里。无论它们是灵石还是普通的石头，都改变不了它们就是这清云山的石头这个事实。

33. 那一片天空蔚蓝

清云山还是那么的美丽。

这是林凡第三次来到这个地方，与前两次不同，林凡这一次是为了把东西送回而来到这里。林凡要送回来的就是那两块石头，它们本就是属于这里，以后也将一直属于这里。无论它们是灵石还是普通的石头，都改变不了它们就是这清云山的石头这个事实。

这些石头没有善恶，只是人们善恶的心利用它们做了善或恶的事。

那块"灵石"上的血已经被洗干净了，林凡仍旧把它放在了灵塔边，在它的旁边放上了林凡在山里找的另一块石头。

林凡看着这山间的灵塔，他仍旧能感觉到这灵塔在山间的那份灵气，他知道这灵塔不会讨厌，那块离她而去曾经沾满鲜血的灵石。灵塔会接受它，帮它洗去一切尘世和污浊的东西。

了缘的墓就在清云庵的旁边，一座不起眼的小墓。林凡站在这墓前，良久都没有离开。山风吹过，树叶在风中摇动着发出沙沙的响声……

林凡抚摸着了缘的墓碑，"你听……"

生命虽然逝去，但一切都还会继续。

下了山，林凡来到李文娟母亲住的地方。李文娟已经走了，她的儿子成了没有父母的人，他只有他的外婆。

林凡看着这低矮的小平房，心里很不是滋味。只见一个小孩正蹲在屋子前的院子里玩着小石子。林凡走过去。

小孩抬起头看着林凡，"你是谁，是来找人的吗？"

孩子长得很可爱，脸上红红的，眼神里透着淘气。林凡摸了摸孩子的头，"你叫什么名字？"

"我叫张强。"

这就是李文娟的儿子张强。

"你外婆呢？"

"她不在家，你找我外婆是吗？"

林凡笑着点了点头。

"叔叔，你认识我妈妈吗？我好久没见到她了，你知道她在哪吗？"

听着张强的话，林凡的眼睛一阵刺痛，他能告诉这可爱的孩子，她的母亲去哪了吗？

"认识，她还让我给你带东西来了呢。"林凡强忍着泪水说。

"是吗！"张强高兴得跳了起来，"太好了，妈妈要回来了。"

林凡把带给张强的玩具——模型飞机，递给了他。张强喜欢极了，拿着飞机就在院子里跑了起来，"哦，妈妈回来了，妈妈回来了！"

林凡知道自己不应该骗他，可是他又能为他做些什么呢？

这个时候，张强的外婆回来了，"请问你找谁？"

"外婆，是妈妈要他来的，你看，叔叔还给我带了飞机呢！"

外婆摸着孩子的头，眼泪哗哗地流了下来，"好，好，快去玩吧。"

外婆把林凡领进了屋子里，"小伙子，你真的是阿娟的朋友吗？"

林凡从口袋里拿出一个存折，放在桌上，"外婆，好好照顾张强，他会有出息的。"说完林凡转身就往外走。

外婆忙拉住林凡，"你是谁？"

林凡拉着外婆的手，"一个孤儿。"

说完林凡头也不回地离开了。外婆展开存折，看到了上面有十万元的余额，里面还夹着一张字条：密码是张强的生日。

看着林凡远去的背影，外婆的眼泪流了下来……

离开了张强的家，林凡长长地舒了一口气。林凡从小就是孤儿，他明白从小没有父亲、没有母亲的那种感受。张强那么可爱，他还有美好的未来。他会有自己的朋友，妻子和孩子……他也曾经像张强一样，天天盼着有一天自己的母亲能出现，可是每一天希望都变成了失望……

邓招弟工作的花店已经关门了。玻璃门上挂着"店面转让"的牌子。店里面还散落着一些残花。就在不久前，林凡还在这个店里和她们说笑，而现在……

"林凡！"

林凡转过头，看到钱秀男在阳光下灿烂的笑脸，是的，一个花店消失了，不久后，另一个花店将又在这里开业。生活仍得继续，想着活着的种种美好，林凡大步向钱秀男跑了过去……